九牛 題畫詩三百首

洪 亮 著

中國書店

圖書在版編目（CIP）數據

九牛題畫詩三百首／洪亮著．－－北京：中國書店，
2025.7. -- ISBN 978-7-5149-3907-1

Ⅰ. I227

中國國家版本館 CIP 數據核字第 2025NK1110 號

九牛題畫詩三百首

洪　亮　著

責任編輯：于　路

出版發行：中国书店

地　　址：北京市西城區琉璃廠東街 115 號

郵　　編：100050

印　　刷：北京鑫益暉印刷有限公司

開　　本：880 毫米×1230 毫米　1/32

版　　次：2025 年 7 月第 1 版　2025 年 7 月第 1 次印刷

印　　張：4.75

印　　數：1—1000

字　　數：104 千字

書　　號：ISBN 978-7-5149-3907-1

定　　價：68.00 元

自　序

　　近50年來，我在詩書畫印的學習、創作和理論研究以及與師友們的交往過程中，積累了數千首詩詞。去年年底，詩友建議我出版詩集，我便開始整理《九牛詩選》，還從中選了近500首題畫詩，并邀請多位詩詞專家和朋友幫助從中精選出300首。

　　這300首題畫詩，大部分是自作畫題詩，也有爲友人畫題詩，在整理過程中，分爲花卉、山水、人物和動物四大類。每一類中相同題材的詩放在一起，有五言、七言絕句，五言、七言律詩，也有少量的古體詩和詞。目的是便於書畫朋友選用。

　　我的題畫詩大部分是在創作作品或寫生的過程中所寫的。有時候畫畫到一半詩就出來了，我就把詩寫下來，畫的後半部分就按詩意完成。中國畫的傳統題材非常廣泛，但所表達出的中國人文精神是一致的。創作者借助山水、花草、魚蟲等自然物象將自我情感表現出來，使作品極具主觀思想和人文情懷。此外，創作者還會選取具有鮮明特徵的對象表達特定精神品質，如常以梅、蘭、竹、菊爲創作內容，爲其賦予人的主觀情感，梅花象徵堅貞高潔、蘭代表淡然恬静、竹寓意虛心有節、菊體現灑脫孤傲，創作者借此表達自身廉潔不群、卓爾不凡的精神情志。同時，注重自身修養身心與個性發展，強調個人品性、思想修煉和審美表達。這一理念貫穿於中國傳統繪畫。

自魏晉以來，中國傳統繪畫便確立了風骨、氣節、神韵等傳統美學概念，通過繪畫的筆墨語言展現畫家自身氣質。誠如古人所言，"人品不高，落墨無法"，這就要求繪畫者不僅要技藝高超，更要修身養性，提高自身品性與修養，實現人品與畫品的共同發展。追求内心修煉，寄情自然物象，在繪畫中表現出寧静致遠、天真淡泊的意境，滲透着超凡脱俗、自我提升的精神追求。這些在題畫詩和畫作中都得到了表達。

　　由於本人水平有限，敬請專家、學者和讀者朋友們發現不當之處并給予指正。愛好書畫的朋友們在選用九牛題畫詩過程中，有什麽意見、建議和要求，可以通過微信告訴我，以便在本詩選重印或再版時加以修改與增補。

洪　亮

2024 年 8 月於北京大樸大雅堂

微信號：cl-hong@163.com

目　録

第一篇　花卉

題紅梅圖

東風第一枝，古艷有新姿。
歲歲捎春訊，時時似詠詩。

題繁枝紅梅圖

梅枝如網織，鐵骨潔無瑕。
古艷其中嵌，貞心勝瑞霞。

寫墨梅避暑

炎炎當夏日，寫取一叢梅。
清氣自毫發，涼風隨意來。

題梅花

鐵骨寒梅樹，橫斜展瘦枝。
曠原風雪裏，冰潔自心知。

咏梅

梅花喜雪霜，臘月蘊春光。
鐵骨寒風裹，丹心一段香。

題墨梅

梅花點墨香，素紙寫華章。
鐵骨凌寒立，蕭疏映雪霜。

紅綠梅花寫生

縱橫交錯一叢梅，紅綠相生筆下開。
不畏北風寒徹骨，猶如天上彩霞來。

寫綠梅懷和靖先生

梅妻鶴子一林翁，瀟灑離塵志趣同。
何必艷紅人羨慕，素心雅逸乃奇雄。

壬寅夏日寫墨梅避暑

炎炎夏日寫梅花，似有冰霜任遠遐。
水墨融融呈古意，清涼心境望天涯。

踏雪尋梅

踏雪尋梅爲哪般，清香宜我不相瞞。
莫言高潔人稱頌，但願心中得自安。

題瓶梅

案頭清供一枝梅，似有佳人迎面陪。
淡淡幽香心氣爽，紛紛俗事莫相催。

陶瓷上寫梅

瓷胎素潔喜顏開，釉面微茫數點梅。
玉骨清香凝靜氣，寒枝疏影抱春回。

借冬心先生首句咏梅

老梅愈老愈精神，冰雪叢中亦報春。
不畏嚴冬寒徹骨，綻開花蕊最宜人。

附：清金農《題墨梅》

老梅愈老愈精神，水店山樓若有人。
清到十分寒滿把，始知明月是前身。

題水仙梅花圖

神仙眉壽天姿態，花發幽香歲歲開。
樸雅清新高士友，和風滋潤養心來。

題梅花圖七絕十五首

一

紅梅入眼艷如霞，不畏嚴寒眾口誇。
今寫幾枝香淡淡，春風輕拂入君家。

二

霜風冽冽覆山岡，瘦影凌冰暗自香。
未許春心隨俗改，一枝冷艷傲年光。

三

隆冬時節寫梅花，冰雪叢中燦若霞。
心底光明無冷色，盎然春意氣高華。

四

一片紅霞天上來，生機勃勃競相催。
激情似火融冰雪，瑞氣祥和春意開。

五

老梅自有祥和氣，鐵骨丹心猶顯神。
今我盡情來大寫，縱橫交錯是天真。

六

老梅交織如盤鐵，冰雪叢中蘊歲華。
有勁東風吹過後，紅花怒放勝丹霞。

七

縱橫交錯數枝梅，開合伸舒有幾回。
廣大空間來共享，悠悠歲月不相催。

八

我寫梅花似鑄銅，商周氣息浸其中。
雲雷饕餮人心象，化作祥符不計工。

九

墨中逸氣筆鋒栽，點點圈圈任我裁。
淡淡濃濃無限意，清香陣陣醒人來。

十

淡墨寫花香久遠，筆中神韵自開顏。
素心高潔冰霜裏，清氣長流宇宙間。

十一

荒山野嶺自開妍，獨立寒風似古賢。
雪地冰天長傲笑，丹心鐵骨喜延年。

十二

寫來筆筆墨痕新，點點圈圈亦可人。
是雪是梅了不問，漫天寒色蘊陽春。

十三

寒梅縱有耐寒枝，月下清香最逸思。
萍水相逢何惜別，新年新緑是新詩。

十四

左枝右幹繞天涯，章法懸成構正斜。
君問何來春訊息，清香臘月探梅花。

十五

我寫梅花無冷色，胸懷暖意映枝頭。
冰肌鐵骨嚴寒裏，心有春風喜自流。

咏梅五律八首

一

孤芳凌雪綻，冷蕊映寒天。
瘦影橫斜處，冰魂獨凜然。
暗香浮月夜，清韵繞林泉。
不與群花競，高標自永傳。

二

梅枝凌霜雪，傲立笑寒風。
凍蕊凝冰色，疏花破霧蒙。
暗香浮曠野，瘦影望蒼穹。
千古高情韵，孤芳意自融。

三

梅綻迎祥瑞，花開喜氣揚。
冰枝添秀色，玉蕊溢芬芳。
雪舞增奇韵，風摇送暗香。
凌寒呈傲骨，千古頌華章。

四

紅梅映雪開，祥瑞滿庭臺。
疏影橫斜處，冰肌絕俗埃。
凌霜風骨立，堅韌樂將來。
静賞孤芳韵，悠然自得哉。

五

墨韵凝寒蕊，冰姿映素箋。
暗香浮畫案，疏影啓詩篇。
雪壓枝猶勁，霜欺色更妍。
高標塵世外，逸氣自悠然。

六

水墨寫清芳，梅姿傲雪霜。
虬枝橫瘦影，冷蕊溢寒香。
月色添幽逸，冰魂映素光。
高懷誰與共，静處韵悠長。

七

寒梅臨雪綻，玉蕊映冰清。

瘦影孤山立，幽香暗處生。

風前添韌勁，月下顯崢嶸。

獨傲霜天裏，高懷任世評。

八

梅蕊迎春笑，嬌姿映雪輝。

冰肌蘊暖意，鐵骨托朝暉。

喜鵲枝頭鬧，清風耳畔依。

繽紛花滿樹，好運近將歸。

咏梅七律二首

一

冰肌玉骨映天光，獨綻枝頭傲雪霜。

冷蕊凝香添雅韵，疏花弄影舞霓裳。

孤高不與群芳競，寂寞偏宜素月彰。

笑對嚴冬風凜冽，清魂一縷寄詩章。

二

梅花映雪綻新妝，滿樹嬌妍照瑞光。
玉骨輕搖添意趣，冰肌漫舞送幽香。
寒枝點點迎春早，冷蕊悠悠與日長。
喜鵲登梢增喜氣，豐年預兆頌嘉祥。

題幽蘭圖

幽蘭居九畹，清氣自悠遠。
不畏風雷侵，葳蕤春翠巘。

題叢蘭

偶寫一叢蘭，君來請鑒觀。
花間多笑語，春意養心寬。

幽谷春蘭

今我寫春蘭，誰來一起觀。
山中幽谷處，欣慶有清歡。

咏墨蘭

素心常寄遠，逸韵墨中藏。
碧葉清風舞，幽蘭自發香。

題蘭竹圖七絶二首

一

天上飛來青翼鳥，祇餐雨露與雲霞。
化作人間蘭竹韵，留得清香滿際涯。

二

日月精華育竹蘭，依依雅韵有千般。
和風染得通身綠，四季清新報吉安。

步清人張問陶咏蘭韵并借同倚春風句題水墨叢蘭

偶寫叢蘭五六枝，自來神韵互參差。
花苞花瓣皆含笑，同倚春風却不知。

附：清張問陶《畫蘭自題》

偶撿叢蘭畫幾枝，各標神韵肯參差。
高花飛舞低花笑，同倚春風自不知。

題幽蘭圖七絕十首

一

寫得幽蘭四五枝，淡濃筆墨出新姿。
真情到處凝神采，陣陣清香勝頌詩。

二

臨罷蘭亭滋潤筆，天香入骨一枝新。
悠閑芳草年年長，中有離騷古意真。

三

讀罷離騷寫蕙蘭，猶聞空谷畹香殘。
縱橫揮灑情融墨，鬱勃襟懷自順安。

四

花淡葉濃隨意寫，清香陣陣自悠然。
禪關寂寂依天籟，畫意詩情似涌泉。

五

蕙蘭葉葉帶春風，揮灑難求筆筆工。
寫到忘形無意處，原來物我亦相通。

六

蕙蘭勃勃生機發，習習清香撲面來。
寂寞山中頑石伴，世塵不染向天開。

七

天降幽蘭隱谷中，清香淡遠喜相逢。
莫言幾載難奇遇，氣息和通不費工。

八

我與幽蘭氣息通，喜居山谷靜恬中。
霞光星月常相伴，雨露風餐樂趣融。

九

山陰道上蕙蘭多，習習清香意若何。
高士到來情不奈，一聲哼出似心歌。

十

静谷幽蘭沐露晞，香飄淡淡繞雲扉。
清風拂面心神爽，獨守輕涼勝日輝。

題蘭竹石圖

幽蘭隱僻鄉，獨自吐芬芳。
竹石來相伴，風雲滌蕩揚。
時時呈義氣，處處發心香。
此是清寧地，宜居願久長。

瓷上寫蘭

素瓷凝静雅，蘭影淡梳妝。
逸韵生胎上，幽姿蘸墨香。
纖毫舒碧葉，婉轉寫清芳。
一寸冰心在，撫間留嫩凉。

題蕙蘭圖

空谷出幽蘭，清香淡自歡。
久居山野裏，長伴雨烟餐。
不覺春時暮，猶當夏日觀。
閑來星月望，浩渺任心寬。

題蕙蘭頑石圖

空谷彩如霞，開新自一家。
幽蘭香氣溢，頑石醉風華。
避疫居鄉里，修心屬遠遐。
閑來平静日，揮筆寫清嘉。

咏蘭五律四首

一

空谷幽姿立，清風伴素心。
葉纖含翠影，花綻溢香林。
雅致出塵土，高情寄綠陰。
孤標誰與共，静守歲華深。

二

九畹似疏林，流泉伴素琴。
貞花香溢外，賢葉綠含吟。
雅韵净塵世，清風寄樂音。
逸標人自賞，相守歲華心。

三

惠風揚九畹，萬物氣清心。
廉葉摇疏影，貞花散馥音。
高情傾翠苑，逸韵寄瓊林。
静處芳魂守，純然歲月吟。

四

幽谷蕙蘭生，香風繞舍盈。
葉言談翠色，花語寄深情。
素雅無塵俗，高標有玉清。
願君常共賞，同贊此芳名。

咏蘭七律二首

一

幽姿淑態弄春晴，瑞氣催開碧草英。
九畹曾留騷客夢，一簾猶帶楚江清。
孤高不似紅塵貌，澹蕩堪同逸士名。
自愛深林甘寂寞，何妨世外笑逢迎。

二

深山靜處覓蘭踪，幾縷嬌顔映碧峰。
恰似精靈臨俗世，宛如仙子落塵容。
晴光暖照添妍麗，甘露輕沾展郁濃。
但使幽香長入夢，此花解意意千重。

寫蘭歌

寫蘭雅逸，全在撇葉。
螳螂微肚，鳳眼交結。
疊葉交叉，避於一點。
緩緩寫來，有長有短。
葉有粗細，疏密聚散。
花有五瓣，深情顧盼。
濃墨點蕊，畫龍點睛。
筆斷意連，謙讓相親。
中鋒厚圓，側鋒婉轉。
淡花濃葉，清香久遠。
筆墨含情，互相生發。
內美自現，空間分割。
書寫有序，花葉舒妍。
蕙蘭芬芳，源於自然。

題院中竹二首

一

石伴清麗竹，深情兩古賢。
院中存此景，愜意似神仙。

二

園中修竹綠，典雅如同玉。
勁節令人誇，清心來免俗。

題澗邊竹

石上青苔厚，江南水氣豐。
澗邊生秀竹，夏日引涼風。

瓷上寫竹

瓷胎呈翠影，筆墨寫琅玕。
葉葉風生韻，枝枝勁挺竿。

寫竹

日日臨池閑寫竹，無須粉黛去爭妍。
莫誇筆氣自高逸，却道心田似涌泉。

晨起寫竹吟草

抒懷寫竹亦求真，心有清風筆底新。
葉葉枝枝濃淡出，龍鬚鳳尾見精神。

題墨竹

老竹紛披萬象生，枝枝葉葉總關情。
濃濃淡淡深深意，筆筆從心氣韵清。

咏竹七絕六首

一

猶羨修篁婀娜姿，引來雅意爽風時。
多情嫵媚無流俗，勁節虛心乃我師。

二

何來清雅沁人心，更似天仙在漫吟。
且看竹梢高幾丈，悠悠逸氣潤胸襟。

三

向上竿枝杪下垂，是晴是雨葉先知。
狂風吹後仍標立，勁節人皆敬作師。

四

濕潤江南水氣空，朦朧烟雨小橋東。
迎風翠竹輕盈舞，映入清溪蕩漾中。

五

江南烟雨曉朦朧，翠竹青青瀝滴空。
洗盡凡塵垂老葉，新篁使勁向天衝。

六

勁節虛心映碧空，蕭疏影裏度秋風。

霜欺雪壓色難改，獨守孤貞有始終。

禿鋒寫竹

禿鋒寫竹出新意，不見妍姿樸雅生。

筆底蒼蒼濃淡墨，化成枝葉寄深情。

咏竹

勁節凌雲拂翠烟，虛心抱雪立寒天。

何妨夏至炎蒸日，自有清陰伴鶴眠。

晨起寫竹

立竿皆向上，竹節亦分明。

枝韌梳風展，葉飄同鳳行。

筆平來古韵，墨重出新清。

畫裏生詩意，詩催畫寄情。

瓷上寫竹

青花瓷上竹，俊逸映清幽。
雨洗千竿翠，風搖萬葉柔。
斜陽疏影裏，雅韵古風流。
釉色傳真意，閑心似鷺鷗。

咏竹五律十二首

一

青竹映晴空，林中緑意濃。
風來幽徑響，月上影窗容。
獨守山間雪，常懷梅與松。
歲寒三友誼，高節祝時雍。

二

翠竹呈清雅，虛心抱節同。
風來千葉動，月上萬竿中。
骨硬寒難折，霜嚴色鬱葱。
林間靈氣滿，君子德謙崇。

三

绿影映幽径，清风拂翠枝。

虚心涵瑞气，劲节挺英姿。

雨润添新色，霜欺志不移。

孤标谁与共，君子独相期。

四

翠影立荒丘，虚心劲节修。

摇风筛月色，沐雨弄箜篌。

笛韵幽林绕，诗情雅意留。

岁寒长与伴，清气自千秋。

五

庭外竹猗猗，清风弄翠枝。

虚心持劲节，直干展英姿。

月影筛金曲，筠声报喜时。

安然常守望，岁岁佑家慈。

六

竹影映灵光，和风报吉祥。

虚心生雅致，劲节自凌霜。

露润千竿绿，泉流一段香。

林间传凤语，君子德长彰。

七

竹影搖晴日，平安報萬家。
清風生翠徑，雅韻入詩華。
勁節凌霜直，虛心映月斜。
歲寒情愈重，春暖發新芽。

八

翠影立庭中，虛心向碧空。
風搖枝韻雅，雨潤葉蔥蘢。
勁節千秋頌，清姿萬世崇。
平安常報送，瑞氣滿林蓬。

九

有節青篔立，猗猗韻自悠。
湘妃啼淚處，和仲賦詞留。
曝背曾栖逸，編籬亦忘憂。
虛懷凌雪意，高義永傳流。

十

翠竹似高士，虛心品性愉。
風搖青玉節，月灑露華珠。
雪壓身猶直，霜欺色更殊。
古今傳美譽，千載頌清癯。

十一

翠竹秀姿揚，虛心乃自强。

根深岩縫立，葉展碧雲旁。

雨雪何曾懼，風霜更顯剛。

謙和千古頌，高節永留芳。

十二

修竹立庭前，虛心志節堅。

風摇添翠影，雨潤展清妍。

向上情何遠，凌雲意自綿。

不争春色艷，悠逸韵千年。

咏竹七律二首

一

修篁翠影似朝霞，勁節虛心喜遠遐。

冷月無聲凝碧露，凉風有意弄枝丫。

曾隨墨客書千卷，也伴幽人飲百茶。

不與繁花争艷色，獨留清氣滿天涯。

二

修篁拔地映朝霞，獨守虛懷意可嘉。
四季常青添翠色，一身勁節傲霜華。
風過簌簌清音起，雨落蕭蕭逸韵遐。
不與群芳爭艷媚，山林靜處度生涯。

咏竹（古體）

沉睡土中不知年，一朝破土竟衝天。
裹衣尚懷通天志，高標清姿舞翩躚。
嫵媚雅逸真仙子，堅韌虛心更誠虔。
脫俗唯願君同好，思君勁節志越堅。
東坡食肉更愛誰，一日不可無此賢。

題畫菊

秋菊大如斗，經霜更有神。
眼前皆爛漫，我欲寫其真。

題菊石圖

秋風如彩筆，吹過漸深沉。
濃鬱斑斑色，猶聽菊石吟。

題菊花圖

寒風花漸盡，秋菊獨盈枝。
爛漫霜塗畫，天公是我師。

瓷上寫菊

釉色凝秋意，瓷胎映玉霜。
素心來寫蕊，清雅自生香。

題籬菊圖

籬邊秋菊艷，霜重見晴天。
隱逸生真趣，陶潛宛在前。

咏菊花

秋菊燦如霞，經霜更麗華。
只因陶令愛，從此逸名花。

借古賢句咏菊

百花開已盡，菊蕊獨盈枝。
霜重精神足，莫嫌不合時。

附：唐杜甫《雲安九日鄭十八携酒陪諸公宴》

寒花開已盡，菊蕊獨盈枝。
舊摘人頻异，輕香酒暫隨。
地偏初衣夾，山擁更登危。
萬國皆戎馬，酣歌泪欲垂。

南宋陸游《九月十二日折菊》

黃菊芬芳絕世奇，重陽錯把配萸枝。
開遲愈見凌霜操，堪笑兒童道過時。

題菊梅圖

臘月清香面目新，東籬爛漫顯精神。
從來祥瑞常相伴，今我揮毫寫兩真。

題菊花圖七絕十四首

一

君愛秋華五柳家，經霜爛漫勝春花。
我今執筆開懷寫，水墨深深七彩霞。

二

墨氣淋漓筆健行，寫來籬菊韵新清。
當年慈母勤培育，今歲舒心更寄情。

三

金風玉露染秋光，冷蕊清姿傲雪霜。
不與群芳爭艷色，孤標逸韵自幽香。

四

黃花能白亦能紅，彩筆塗來愛此工。
顔色紛呈乘興寫，心田爛漫畫圖中。

五

西風獵獵百花凋，唯有秋華色最嬌。
淡淡清香隨我至，天高氣爽勝春朝。

六

喜寫秋光意氣深，無邊蒼翠亦清心。
時人莫道秋幽寂，綠紫紅黃更有金。

七

自過重陽寫菊花，霜風吹後更芳華。
鮮鮮秋艷寒傷否，却看枝頭又發芽。

八

人性元來通物性，春風桃李好年華。
秋高氣爽寒霜後，自有金風艷菊花。

九

荒坡野谷秋來艷，滿眼渾如燦燦金。
皆道黃花誠可愛，經霜寒蕊更傾心。

十

不與群花鬥艷芳，陽春蘊育待秋光。
風吹雨打經霜後，便有枝頭晚節香。

十一

金風吹得花初放，又降寒霜也不妨。
總是鮮鮮佳麗色，重陽過後更清香。

十二

秋菊凌寒映日開，霜姿獨傲冷風裁。
此花不與群花競，自有深情香晚來。

十三

獨立寒秋綻晚芳，金英笑傲對嚴霜。
此身願化東籬韵，君子高情逸興長。

十四

金蕊含香映晚霞，霜枝獨立向天涯。
不爭春色秋光裏，瘦骨清姿亦吐華。

步李鱓咏竹菊題菊梅圖

自在心情不自狂，秋霜冬雪又何妨。
從來氣格似蘭竹，冷艷清香醉四方。

附：清李鱓《題竹菊》

自在心情蓋世狂，開遲開惜又何妨。
可憐習染東籬竹，不想凌雲也傲霜。

咏菊五律二首

一

墨菊綻秋光，幽姿映晚霜。

葉間藏雨露，花上散芬芳。

風動香飄遠，雲開影自長。

此中真意趣，何必問炎涼。

二

秋來添秀色，金甲映斜陽。

蕊冷清香净，枝寒傲骨長。

高情凌俗世，素影立風霜。

千古悠然意，心傾菊燦黃。

題彩菊圖

輪迴四季年年過，冷暖誰知不必猜。

春艷難經風雨折，秋華却請凍霜來。

分披彩筆天公握，摹寫柔毫我輩裁。

意象都從心象出，滄桑歲月育奇才。

咏菊七律二首

一

獨享高秋綻晚芳，金英翠葉韵悠長。
迎風含笑姿容秀，挺立東籬骨氣昂。
不與百花爭艷麗，偏同三友傲寒霜。
真情懷抱誰人識，一縷幽香醉夕陽。

二

秋意漸濃霜滿地，金英獨放傲寒枝。
不隨群卉爭春色，唯向高天展素姿。
遠溢清香人亦醉，孤標冷艷世稱奇。
重陽待到話佳節，把酒東籬桑梓期。

題叢荷圖

炎日尋何處，清寧荷葉中。
綠蔭遮暑氣，心靜品凉風。

題荷花圖

荷葉荷花墨彩書，縱橫肆意又何如。
禪心畢竟通物性，低首幾回拜缶廬。

咏荷

大蓋重重叠翠臺，群仙玉立浴池來。
幽香淡淡爲誰發，君過横塘總忘回。

寫墨荷

酣暢淋漓寫芰荷，陰陽黑白氣清和。
融融水墨凝情素，滿紙雲烟泛綠波。

贊蓮蓬頭

秋風漸急漸天寒，荷葉漸枯花瓣殘。
唯有蓮蓬頭傲立，來年香子發奇觀。

題紅蓮圖

朵朵紅雲映日開，猶如下界衆仙來。
風華何處崢嶸出，逸氣胸中自往回。

壽者墨荷筆意

筆力千鈞生墨韵，數枝蒲草亦含情。
化來物象成心象，清氣携同鐵骨錚。

題溥心畲荷花圖組

天邊仙女降凡間，風韵撩人更淑嫻。
不染塵埃心净潔，千姿百態競開顏。

題紅荷圖

年來腕底氤氳出，筆筆平和氣象生。
荷葉田田憨厚態，紅雲朵朵亦傳情。

題秋荷圖三首

一

秋月荷塘漸降霜，蓮蓬結實子含香。
雖無烈日增嬌艷，却享清風陣陣揚。

二

秋深那及子情深，俯首蓮蓬義氣沉。
此刻艷嬌雖少見，來年更盼有新吟。

三

秋日荷塘境界新，雖無矯艷亦真淳。
滿池盡是枯殘葉，唯見蓮蓬分外親。

咏荷

亭亭浮水上，清雅立池塘。
翠蓋凝珠露，紅妝映日光。
風來香暗送，雨過韵悠揚。
不染淤泥色，高華自麗芳。

秋荷寫生

漫步荷塘已幾圈，蓮蓬聳立葉田田。
難尋視角層層寫，細覓精神處處禪。
落筆求真驚萬態，凝眸探狀异常年。
方知事物心中象，一辨其間別洞天。

題神仙富貴圖

富貴神仙絕世姿，得來紙上莫嫌遲。
曾經廢紙三千丈，方有隨心應手時。

題牡丹蕙蘭圖

天風吹得清香至，喜看盛開富貴花。
自性雍容高格調，清新華麗勝朝霞。

題雨中牡丹圖

筆墨淋漓寫牡丹，猶如春雨洗冬寒。
心中自有祥和氣，富貴雍容歲吉安。

題牡丹圖七絕四首

一

都讚牡丹真富貴，嚴寒經歷幾人知。
從來國色非常有，須待春深醉滿枝。

二

富貴雍容絕世花，年年春滿吐芳華。
曾經風雨嚴寒後，方勝如今七彩霞。

三

國色天香富貴花，寫來紙上勝朝霞。
若非冬雪嚴寒蘊，哪有春深吐玉華。

四

朝霞絢麗又清遐，化作人間富貴花。
典雅雍容呈喜氣，盎然春意入君家。

題水墨玉蘭花五絕二首

一

有樹花如玉，高枝復又斜。
今提湘管筆，難寫此豐華。

二

東風真有勁，吹發玉蘭花。
聖潔丰神足，時時吐歲華。

題玉蘭花

我看玉蘭花，疑思自遠遐。
冬寒含內秀，春暖吐芳華。
皎潔如明月，清新似彩霞。
亭亭高處立，韵出一枝斜。

題紫藤圖

古藤蒼勁顯精神，老幹抽芽嫩綠新。
今我筆中裁又剪，嫣紅姹紫正酣春。

寫紫藤

揮揮大筆寫虬公，錯節盤騰望碧空。
一片彩霞飛至此，請君分享吉祥風。

題葡萄圖

綠葉清涼紫氣藏，寫來筆下見風霜。
中鋒曲轉藤飛舞，莫笑儒生亦發狂。

栗花七絕二首

一

滿眼青山浮碧翠，海星迭嵌太奇瑰。
深林清麗同心樹，夢裏幽香栗送來。

二

滿山遍野栗花開，似海星來送翠臺。
延壽谷中無限景，宜君長駐莫相催。

寫鳳仙花得句

筆底來清氣，渾同美意連。
心中無雜念，鳳化眼中仙。

題映山紅

子規啼血意無窮，總說人間苦難中。
放眼春山無限好，年年花發映山紅。

題時蔬圖

常食時蔬適胃腸，菜根多嚼齒唇香。
揮毫寫出佳肴譜，惹得垂涎半尺長。

題蔬果圖七絕二首

一

色如瓊玉發鮮香，綠勝青雲翡翠光。
却說農家風味美，不言偏好請多嘗。

二

夢裏家山野笋香，醒來提筆寫中堂。
兒時味道最親切，久客他鄉思故鄉。

題畫芋頭

揮筆塗來泥土香，童年佳趣最難藏。
芋頭入竈垂涎滴，味覺催余憶故鄉。

題綠蕉桃花圖

且看桃花正艷紅，爲何躲進大蕉中。
只因綠映生奇麗，還是無心偶喜逢。

繪畫遐想

天公自有神奇筆，風雨陰晴畫萬殊。
試看朝霞真絢麗，斑斕光影是祥圖。

題老少年

人稱老少年，越老越紅妍。
因有心中喜，真如一壽仙。

老來紅

開懷仰面喜相逢，枝葉翻飛善舞風。
天上晚霞飄至此，人間稱作老來紅。

題舞動桃花圖

風裹桃花別樣姿，翻飛枝葉是誰持。
構成疏密來分割，交錯縱橫如咏詩。

賞花

花開滿樹正風流，朵朵盈盈喜氣柔。
我賞花兒花賞我，十分春意在心頭。

咏丁香

丁香清雅又文靜，香氣悠悠潤我心。
花發仲春香雪海，令人適意喜新吟。

憶院中石榴

青皮碩果壓彎枝，傲骨謙躬直下垂。
來日自然開口笑，滿懷瑩透潤心滋。

題彩墨石榴

時至金秋多碩果，枝頭挂出吉祥符。
看他個個開懷笑，滿腹晶瑩剔透珠。

寫生二首

一

兒時作畫最天真，所繪求形亦有神。
今日寫生思物外，雲蒸霞蔚益清新。

二

不同視角不同姿，何必泥人閉自思。
走進山川胸漸闊，世間草木促新詩。

青草

從來不必種栽培，春綠冬枯復往回。
海角天涯多倩影，荒沙野漠少凡胎。
牛羊啃吃幾經過，狼狗摧殘去又來。
總是青青無畏懼，東風吹過更宏恢。

題畫

入古如新在一心，清涼筆墨似輕吟。
不求雅韵來神韵，原是天光送佛音。

寫玉簪花

簪花潔白又虔誠，神態全然向我迎。
傾寫姿容佳構現，一枝一葉見真情。

玉簪花寫生

滿目青蔥托白雲，重重疊疊復殷殷。
東西采得幾花葉，寫入圖中似雅君。

題蒼松圖

天外飛來幾蟄龍，盤居峭壁九崖峰。
縱橫交錯凝清氣，鬱勃生機鐵鑄容。

題黃山松

崖縫之中去扎根，潤滋雨露感天恩。
千年雷電擊難倒，萬載風霜越醉魂。
滿眼蒼茫蔥翠色，堅心鬱勃邃幽渾。
雄姿屹立總英發，不計通身是舊痕。

題紅果圖五絕二首

一

江南紅果艷，喜氣正迎門。
西子盈盈笑，春風韵滿園。

二

紅果燦如霞，春來更静嘉。
雖無嬌嫩態，喜氣亦芳華。

題佛手五絕二首

一

唯有善良心，方聞一籟音。
慈悲增願力，佛手久香吟。

二

滿眼黄金色，天香遠古來。
禪心微笑處，佛手自栽培。

題佛手七絕三首

一

筆端寫出心中意，墨氣精神自騁妍。
雅室清香何處發，眼前佛手正悠然。

二

千手黃金萬樹芳，天仙撒下是清香。
老夫今日來塗抹，滿紙和風大吉祥。

三

千般佛手正慈航，撒下天香化冷香。
欲渡世人離苦海，禪心彼岸即春光。

題紅柿圖

西風吹葉紛飛盡，青柿經霜已透紅。
事事順心皆勝意，人人祈福慶年豐。

題三友圖

梅花自潔馨，松竹總青青。
本是三寒友，深情可石銘。

題歲寒三友圖

千年梅韵萬年松，翠竹青青意氣濃。
莫問何來風雅士，歲寒三友總相逢。

卜算子

雪嵌辛夷花

何物最關情，雪嵌辛夷艷。春仲時分乍雪飄，白白
茫茫掩。　寒意又侵人，畢竟春濃漸。待到東風蕩漾
時，翠綠蔭中念。

題海棠花五絕二首

一

綠葉映心紅，枝間發幾叢。
春風迎面後，欣喜笑談中。

二

連日雨綿綿，川紅似睡眠。
低頭烟海裏，雅韵更妍妍。

題海棠花七絕二首

一

雨後初晴訪海棠，靜觀凝望正眠香。
忽然一陣清風至，驚醒嬌顔更艷芳。

二

春日晴和喜氣揚，惠風微笑海棠香。
縱橫交錯枝條裏，嫩綠羞紅似玉妝。

贊油菜花七絕二首

一

此花不是等閑花，遍野金黃勝彩霞。
來日榨乾千萬籽，煎烹美味世人誇。

二

漸脫金黃生翠玉，玉中自有籽千千。
百花莫與爭顏色，却說人間菜味鮮。

水稻寫生七絕二首

一

春忙播種把田犁，秋至金黃穗實垂。
自古農人多勤苦，迎來陣陣稻香隨。

二

稻草尖尖向上衝，謙謙穗實却垂躬。
金黃一片盈盈笑，報與農人慶歲豐。

稻香蛙鳴

池水潔清秋氣爽，新涼世界色鑒澄。
稻香陣陣迎風起，一片蛙聲慶歲登。

題葫蘆圖

大瓠金黃呈貴相，得之長壽子孫旺。
我今揮筆盡情寫，個個精神皆好樣。

題紅扁豆圖

此處彩霞籬上挂，葉青映莢紫紅纏。
生機勃勃祥和兆，且看農家自笑妍。

筆墨

千秋筆墨我曹傳，書脈文心一綫連。
點畫之中呈古意，性情流露自開妍。

題石菖蒲

澗中叢草綠，名曰石菖蒲。
采之爲清供，盆中蓄水濡。
置之案頭上，雅室乃清殊。
我今來寫照，筆中出祥符。
氣息潤肺腑，身心皆恬愉。

扁豆莢

佳品籬邊扁豆莢，采來醬爆透鮮甜。
至今此味終難忘，慈母烹煎饞舌尖。

題壽桃圖

蟠桃如斗大，王母賜群賢。
一食千年壽，君家有鶴仙。

端陽佳品

裹米清香粽葉親，枇杷催我自生津。
端陽佳品年年品，江水滔滔歲歲新。

題蕉蔭雛趣圖

炎炎夏日長，蕉下納清凉。
雛子呼朋去，同歡好景光。

題水仙圖

君看水中仙，清新映冽泉。
慈光根潔白，如面晤先賢。

癸卯隆冬咏吊絲海棠紅果

隆冬寒氣深，枯葉盡風吟。
殷赤垂枝滿，猶如暖我心。

題海棠圖

九月海棠紅，盛開映日彤。
香飄千里外，色染萬山中。
艷麗如霞錦，嬌柔似玉容。
游人爭賞嘆，美景入心空。

第二篇　山水

題山水圖七絕四首

一

青山秀水潤心源，法古精神自顯魂。
開闊胸襟佳氣出，連綿峻嶺白雲吞。

二

白雲朵朵吐清純，我爲山川一寫真。
滿眼高峰情切切，老夫筆墨出時新。

三

雲山遠望接天邊，一似蓬萊勝景巔。
我欲因之閑寫意，臥游萬里筆中牽。

四

峻峭峰嵐似古琴，巍峨聳立秀如今。
山風溪水常相和，脱盡凡塵見本心。

題文徵明《古木寒泉圖軸》

重重疊疊復參差，松柏參天越古崖。
此處分明高遠法，寒泉直縱九霄馳。

詠水七絕五首

一

來看汪洋幾簇花，隨波逐浪向天涯。
驚濤拍岸催誰醒，歲月無情盡汰沙。

二

天地江河流又淌，不分晝夜向前方。
尋求歸宿爭朝夕，自古奔今匯大洋。

三

初匯汪洋喜氣揚，浪花濺起白茫茫。
悠然遇見飛鷹過，期待將來化雨翔。

四

大海無風三尺浪，碧波起伏喜洋洋。
蒼茫遼闊寬胸次，氣靜心和日月長。

五

陰陽失序濃雲起，天地迷昏更暝茫。
大海狂風興巨浪，驚心動魄也風光。

題山水畫五絕十首

一

心寬天地闊，滿目見祥和。
鬱鬱春山秀，揚帆喜百舸。

二

天雨洗凡塵，青山氣象新。
白雲生秀色，相看兩精神。

三

盛夏覓清凉，緣來此僻鄉。
山間泉水響，草木發幽香。

四

秋高清氣爽，草木漸蒼黄。
唯有殷紅色，猶如發瑞光。

五

春山多秀色，鬱鬱又蔥蔥。
泅潤生奇韵，祥雲自貫通。

六

翠竹繞廬圍，蒼松亦映輝。
君如來此地，高臥不思歸。

七

炎炎夏日長，何處享清凉？
竹海南風裏，修篁逸氣揚。

八

秋風如彩筆，草木漸斑斕。
一派祥和氣，閑雲自往還。

九

滿眼彩如霞，徽州有我家。
祥雲圍老屋，歲歲好年華。

十

青山草木深，泉水發清音。
繞屋祥雲白，松風且慢吟。

題雲山瀑泉圖

雲山筆下更奇崛，萬壑千峰皆寫成。
虛實相生神采見，祥雲升起瀑泉鳴。

咏大運河七絕三首

一

運河流淌越千年，蕩漾清波南北連。
開鑿河工誰記取，幾多血汗起波烟。

二

通州水路至杭州，沿岸碼頭興建樓。
多少縣州因埠盛，詩文歌舞競相酬。

三

古昔大河漕運急，而今高鐵似風馳。
回眸南北碧波處，且賦新篇文旅詩。

題畫七絕八首

一

浮生若夢亦雲烟，悟徹人間皆是緣。
心似蓮花開净土，禪風拂面自悠然。

二

禪意深深映碧天，松風竹影伴清泉。
鶴鳴雲外自心遠，月照禪房夢亦閑。

三

禪意盎然泉水涌，人生悟徹似輕烟。
雲舒雲卷隨風去，花落花開皆自然。

四

禪思深處入雲霄，悟徹人生意自高。
萬象歸一皆空寂，心隨禪境任逍遥。

五

禪思深處反思多，悟徹人生意若何。
萬事隨緣皆喜樂，清心歲月不蹉跎。

六

喜看人生樂未央，心隨禪意亦悠揚。
清風明月常相伴，自在開懷沐晚芳。

七

且看人生千百態，禪心似水自悠然。
紅塵萬象皆如夢，唯有菩提伴我眠。

八

茶香裊裊飄禪意，琴韵悠悠繞耳邊。
萬象皆空唯自在，何須俗事擾心田。

題畫五律五首

一

悟徹人間道，禪心自在天。
浮雲隨夢去，流水逐波前。
世事皆如幻，浮生盡似烟。
但求心净土，何必問塵緣。

二

山居空寂寂，心静自澄明。
古刹鐘聲遠，幽林鳥語清。
雲浮禪意重，風送梵音輕。
悟得世間理，悠然度此生。

三

禪意静悠遠，清心映月明。
松風无妄念，竹影洗凡情。
雲外飛鴻遠，山間流水清。
悠然忘世俗，自在度浮生。

四

松聲入硯池，筆下起漣漪。
禪意藏書卷，清香溢翠帷。
心如平水静，字若古賢慈。
月照經堂客，悠然悟道時。

五

真情元自在，寧静境和平。
雲影浮空寂，松聲入耳清。
心隨流水去，意逐道山行。
萬法皆如夢，唯留一念明。

題畫

山中古寺静無嘩，松柏森森映彩霞。
鐘鼓悠揚驚俊鳥，佛經深奧照蓮花。
心如止水觀靈境，意似流雲任畫沙。
世事如烟過眼去，梵音聲裏得清嘉。

敦煌五律四首

一

大漠立孤關，敦煌歲月閑。
風沙埋舊事，壁畫繪塵寰。
佛影靈光閃，飛天綺夢還。
千年絲路遠，文脉永流傳。

二

敦煌古韵融，壁畫顯神通。
萬窟依山立，千燈照夜空。
絲綢聯萬里，歌舞樂無窮。
璀璨遺珠在，滄桑亦駿雄。

三

塞外有敦煌，神奇歲月長。
沙鳴催古道，日落映殘墻。
壁畫千秋韵，佛音萬載揚。
心隨絲路遠，夢繞漠雲翔。

四

敦煌訾塞外，絲路接天涯。
壁畫傳千載，慈光照萬家。
黃沙飛落日，綠浦映朝霞。
此景多奇麗，今來享歲華。

第三篇　人物

題高士圖五首

一

高士性純良，心清志遠航。
德馨昭日月，美譽永流芳。

二

獨守林泉意自悠，清風爲伴月爲儔。
高情逸韵誰人及，心向雲天任去留。

三

獨立青山意未休，德如松柏品兼優。
清風拂面心常净，逸韵長傳萬古流。

四

高士隱林泉，幽栖意自綿。
心清塵俗遠，德厚古風傳。
煮茗邀雲坐，吟詩對月眠。
行藏皆有道，氣節耀千年。

五

逸韵清風品自嘉，幽懷淡泊遠浮華。
琴書相伴心常静，山水爲鄰處士家。
德厚能容天下事，才高善賦世間花。
修身養性存真意，笑看流雲落日斜。

贊李時珍四首

一

仁心濟世着鴻篇，百草親嘗大義傳。
妙手回春千載頌，醫林泰斗耀青天。

二

本草宏篇著，醫途志未休。
山林尋藥苦，月夜辨方憂。
妙手除民疾，仁心解世愁。
英名垂萬古，德業耀千秋。

三

心懷大義志驅馳，濟世懸壺德望垂。
采藥窮山風雨伴，編書靜夜暑寒知。
良方屢試除民恙，妙劑頻施解病危。
本草宏篇傳萬世，醫林典範永稱奇。

四

醫林巨擘著鴻章，濟世仁心歲月長。
踏遍山川尋妙藥，窮研典籍覓良方。
彙編本草功千載，廣布春風潤萬鄉。
不朽英名民不忘，懸壺聖手永流芳。

題鍾馗圖四首

一

怒目鎮妖邪，威名震邇遐。
惠風安社稷，正氣佑千家。

二

鍾馗怒目鬼神驚，仗劍除魔正義行。
千古英名傳後世，護民驅惡保升平。

三

貌醜心猶善，驅邪志不移。

怒眸妖魅懼，雄劍鬼魔悲。

廣佑千家夢，來延萬户禧。

英名常贊頌，正氣可揚眉。

四

豹頭環眼貌奇殊，鐵面虬髯正氣扶。

捉鬼驅邪千古頌，才華滿腹衆人呼。

盛唐賜畫成風習，後世傳文入籍圖。

歲末鍾馗持劍舞，祥光永照世間蘇。

題老子圖四首

一

道啓鴻蒙智慧光，德傳千古意悠長。

自然妙理驚塵俗，吾輩承恩待發揚。

二

道論千秋頌，真言萬載崇。

無爲觀世事，静篤守玄空。

德厚乾坤共，心清意韵豐。

先賢遺智慧，澤被後昆中。

三

道通天地德相聯，睿智深玄在悟先。

紫氣東來祥瑞兆，青牛西去妙言鎸。

無爲而治千秋頌，守静歸真萬世賢。

文脉開源成繼續，自然至一永留傳。

四

道德真言萬古傳，無爲至理蘊宏淵。

青牛西去留玄奥，紫氣東來化瑞烟。

洞察陰陽明世態，融通天地悟機緣。

先賢智慧千秋耀，潤澤蒼生永續延。

題孔子圖四首

一

儒家至聖德爲先。論語華章智慧傳。
教誨千秋昭後世，仁風義理永綿延。

二

至聖德高遠，仁風四海揚。
言傳千古訓，道啓衆賢良。
禮義規邦國，詩書育棟梁。
英名垂萬世，儒學永流芳。

三

聖道傳承千古悠，杏壇授業德風留。
仁心濟世情無際，禮義匡時志未休。
論語晤言昭日月，儒經大義耀春秋。
先師典範垂青史，潤澤人間萬代稠。

四

德馨學博聖名留，至理真言歲月悠。
不倦授經開慧路，傾心傳道解民憂。
禮興邦國仁風暢，樂化人心善念修。
師表巍峨輝萬古，賢聲遠播譽千秋。

題八仙過海圖五首

一

八仙過海顯神明，各展奇功踏浪行。
妙法施來驚浩宇，千秋傳説永留名。

二

八仙過海顯靈光，法寶施來鬥浪狂。
各展奇能波上躍，驚濤何懼任翔翔。

三

八仙游浩渺，法術自靈通。
鐵拐驅雲霧，鍾離御飆風。
采和歌韵遠，湘子笛聲洪。
過海驚濤裏，逍遥恬淡中。

四

八仙渡海顯神功，瑞靄祥光映碧空。
呂祖青鋒驚鬼魅，鍾離寶扇馭清風。
果尊驢白蹄聲疾，湘子簫清韵意融。
何懼波濤千萬里，逍遥自在任西東。

五

仙班各顯神通妙，渡海飄洋逸興悠。
鐵拐李携靈杖舞，鍾離權把扇形收。
洞賓佩劍奇光耀，湘子吹簫雅韵留。
果老騎驢施法術，何姑荷芰盡風流。

題竹林七賢圖四首

一

賢士隱幽林，清談魏晋音。
風姿千古頌，逸韵至今吟。

二

魏晋風流七子賢，竹林逸韵賦詩篇。
清談縱酒逍遥意，千古留芳筆墨傳。

三

魏晋賢才聚，幽篁逸趣生。

嵇康弦韵雅，阮籍嘯聲清。

向秀思玄理，山濤識世情。

劉伶酣醉卧，七子具垂名。

四

魏晋風華韵未休，竹林賢士意悠游。

嵇康琴瑟弦音妙，阮籍詩書逸興稠。

向秀析文思入境，劉伶醉酒更無愁。

山濤濟世懷宏略，七子清名萬古留。

第四篇　動物

咏蠶

柔白小軀勤食葉，龍眠幾度身心潔。
自來作繭吐華絲，化作飛蛾奔火烈。

題雛鷹洗羽圖

我看雛鷹甚可人，淋漓筆墨寫其真。
羽毛洗净身心潔，振翅翱翔絕世塵。

題成雙雛鷹圖

一對雛鷹喜氣洋，憨憨可掬勝鴛鴦。
目光炯炯精神足，來日翱翔向遠方。

題雛鷹登高圖

雛鷹瞻遠學登高，颯爽英姿氣自豪。
炯炯目光真有力，茫茫滄海起松濤。

題東漢熊畫像石原拓《大漢熊風》

墨烟妙拓畫圖工，斑駁紋章巨石中。
熊舞魚翔今又見，瑞祥大漢起雄風。

題芭蕉雛鷄圖

夢中幾度游園宅，屋角芭蕉已長高。
沐得和風春色好，成群雛仔樂陶陶。

咏虎

生在叢林自可驕，英姿威武最難描。
千年萬歲稱王獸，師父原來是隻貓。

題雄鷄五絕二首

一

偶爾呈文静，時時機覺警。
雄風隱掩藏，未引高歌頸。

二

冠上又加冠，平生好運寬。

大雞諧大吉，民俗惹人歡。

題雄鷄七絕四首

一

儼然是位大將軍，威武凌凌氣破雲。

路見不平毛羽竪，相携同伴最和群。

二

誠信司晨大冠軍，覓來食物喚同群。

威風勇猛真魂在，頭戴文冠日日勤。

三

長夜悠悠寂寞天，司晨大將一聲先。

穿雲破石催人醒，劍舞翩翩學古賢。

四

華冠高聳大將軍，鴻運當頭志入雲。

黑夜一呼天下白，從來不計賞功勛。

辛丑大年初一咏牛

倔犟原來君本性，拙愚憨態惹人誇。
年年耕作誰知倦，喜看豐收樂歲華。

題湖蟹圖

八月西風起，黃花怒放時。
湖中波細泛，秋蟹展肥姿。

賞蟹七絕八首

一

草泥鄉裏最宜君，不慕繁華却合群。
既入江湖臨海岸，大風大浪似乘雲。

二

古時中甲譽君同，堅硬軀肢健節通。
總是橫行非霸道，江河湖海歷經風。

三

富甲四方揚美譽，縱橫天下頌辛勤。

一生沙石泥中走，不計虛名不計勳。

四

總是橫行驚四野，雙螯高舉顯威嚴。

且看今日紅通體，薑蒜驅寒美味添。

五

自古美名稱蟹將，龍王面見也橫行。

并非武藝高標絕，祇憑全身鐵鑄成。

六

綠蔭叢裏好乘涼，喧戲成群也不狂。

河海江湖曾闖蕩，不如鄉野着泥香。

七

雖是橫行也不狂，時時退縮又何妨。

常常舉起雙螯舞，祇恐身家被敵傷。

八

豎目橫行并未爭，祇因世道直難行。

時常退却平安否，怎免後來一飪烹。

題菊蟹圖七絕四首

一

菊開正是蟹肥時，邀友同來淺酌宜。
飲得幾杯胸膽壯，霜風不敢再冰肌。

二

一罎老酒置花前，霜重時華更艷鮮。
莫負秋光無限好，邀朋品蟹慶豐年。

三

菊盛開時蟹正肥，果香稻熟漸添衣。
酒來不怕霜寒凍，難品人間是與非。

四

橫行一世亦猖狂，鬧得泥鄉似戰場。
待菊盛開霜重後，赤身品酒最鮮香。

品蟹七絕二首

一

九月雌來十月雄，黃豐膏厚肉香籠。
未嘗口水先流出，蘸醋添薑味更融。

二

今朝品蟹來相聚，拋却紛繁敘友情。
談笑透紅香介士，垂涎三尺自知明。

題藤籠螃蟹圖七絕二首

一

江河湖海任橫行，却到秋高膽戰驚。
若被捕來藤籠裏，互鉗一起待君烹。

二

藤籠昏昏難見天，互鉗群蟹不知年。
若能争脫草繩去，湖海江河任自然。

賞蝦七絕四首

一

天生有節透明身，湖海江河譽爾純。
不畏狂風興巨浪，一彈拋却萬年塵。

二

荷蔭叢裏納清凉，香氣宜君享碧芳。
莫道小兵無大志，平安是福喜呈祥。

三

無論江湖清與濁，君皆寄寓在其中。
人稱龍種兵雖小，結隊成群樂趣同。

四

世人皆稱君龍種，但却江湖寄寓中。
任憑風添三尺浪，氣和性静一心空。

松鶴圖

天上飛來一勁松，相依老鶴也從容。
延年美意傳佳品，高曠清風出自胸。

群鶴圖

一輪明月挂天心，萬歲清輝照至今。
群鶴悠悠來雅集，靜聽宇宙有佳音。

蜻蜓戲水

蜻蜓水戲戲低空，停乃輕飛尋覓中。
水面微波時起伏，待迎暴雨與狂風。

草吟生肖七絕十二首

子鼠

挖洞通幽夜不眠，深宮黑暗想高天。
寸光竟自身靈捷，有幸開支即首賢。

丑牛

性情敦厚力無窮，勞作辛勤不計功。
穩步前行憨態樸，樂於負重已成翁。

寅虎

一聲怒吼竟生風，峻嶺深山爾自雄。
總是英姿威武態，生機勃勃養神功。

卯兔

與龜賽事萬年傳，從此家門守越堅。
性命安全三窟築，窩邊草翠贊君賢。

辰龍

深淵長住養精神，萬物和諧似睦鄰。
一日起風君奮起，降魔除惡樂天新。

巳蛇

君號小龍處世躬，山川無足亦神通。
曾懷劇毒防身用，惹得常人避與逢。

午馬

飛龍勇猛土塵揚，爲保生靈赴戰場。
雅士觀花陪緩步，馬頭琴韵更悠長。

未羊

品性溫和情敦樸，乳香跪謝母天恩。
終生食草心安逸，原上山邊自避喧。

申猴

雅號人尊稱大聖，攀岩上樹總當先。
千年修煉除妖怪，萬里清風皆佛緣。

酉雞

籬邊屋後啄蟲忙，護子不容鷹隼狂。
心底光明驅黑暗，一聲高唱醒朝陽。

戌狗

人間誰與比忠誠，護院看家辨世情。
愛主一生無貴賤，點頭擺尾喜逢迎。

亥豬

天門中乃一良將，因愛嫦娥罰下凡。
吃喝本能膘厚實，請君莫怪嘴真饞。

附　　録

附録一 中國畫題畫詩淺說

題畫詩作爲中國畫的重要組成部分，將文學與繪畫巧妙地結合在一起，形成了一種獨特的藝術形式。它以詩歌的形式對畫面進行闡釋、補充或延伸，使詩與畫相互映襯、相得益彰，豐富了作品的內涵和意境。題畫詩在中國繪畫史上有特殊的地位，歷史悠久，經歷了起源、發展、繁榮等階段。然而，隨着時代的變遷，其在現代社會中也面臨着一定的挑戰。本文將從題畫詩的起源與發展、題畫詩與其他詩詞的區別、題畫詩的基本特點、題畫詩在畫中所題的位置及題畫詩的展望等方面進行解讀，旨在深入挖掘這一獨特藝術形式的演變歷程及其文化價值，探尋題畫詩的運用和發展。

一、題畫詩的起源與發展

題畫詩作爲一種獨特的藝術形式，在中國文化的歷史長河中閃耀着獨特的光芒。題畫詩的起源可以追溯到魏晉南北朝時期，儘管這一時期傳世的題畫詩較爲少見，但相關記載表明當時已經出現了這種藝術形式。例如，南朝梁元帝常畫聖僧，梁武帝還曾親爲作贊。到了唐代，詩歌與繪畫藝術都取得了空前的發展，爲畫題詩的現象也變得較爲常見。李白、王維、杜甫、白居易等許多大家都有題畫詩作。然而，此時的題畫詩大多并非題於畫面之上，而是將畫作爲吟咏的題材或對象，是詩人觀畫後情感的流露。例如李白的《求崔山人百丈崖瀑布圖》："百丈素崖裂，四山丹壁開。龍潭中噴射，晝夜生風雷。但見瀑泉落，如瀉雲漢來。聞君寫真圖，島嶼備縈迴。石黛刷幽草，曾青澤古苔。幽緘儻相傳，何必嚮天台。"這首詩生動地描繪了畫面中瀑布的壯觀景象。

宋元時期是題畫詩發展的重要階段。隨着文人畫的興起和興盛，詩與畫開始真正融合。文人畫家既具備文學素養，又擅長書法，他們將詩詞題入畫中，使詩、書、畫在形式、內容和思想上達到統一。五代畫家黃居寀的《山鷓棘雀圖》（圖1），北宋文同《墨竹圖》（圖2），元代王冕《墨梅圖》（圖3）、趙孟頫《鵲華秋色圖》（圖4）等作品中，便有了題畫詩的身影。在這一時期，題畫詩的發展還經歷了一個以詩入畫的階段。畫家們把詩作爲畫的題材進行創作，如按照詩的意境來創作作品。這種嘗試爲詩與畫的進一步融合奠定了基礎。

圖1　[五代]黃居寀　　圖2　[北宋]文同　　圖3　[元]王冕
　《山鷓棘雀圖》　　　　《墨竹圖》　　　　《墨梅圖》

圖4　［元］趙孟頫《鵲華秋色圖》

　　明清時期，題畫詩達到了繁盛的狀態。沈周（圖5）、文徵明、唐寅（圖6）、徐渭（圖7）、董其昌、惲壽平、王時敏（圖8）、石濤（圖9）、吳昌碩（圖10）等畫家，幾乎無畫不題。題畫詩的題材更加豐富多樣，涵蓋山水、花鳥、人物、動物等各類畫作；其表現形式也不拘一格，古體詩、近體詩、詞等各種體裁均有運用。

圖5　［明］沈周　　　　圖6　［明］唐寅　　　　圖7　［明］徐渭
《山水圖軸》　　　　《落霞孤鶩圖》　　　　《墨葡萄圖》

圖8 ［清］王時敏　　圖9 ［明末清初］　　圖10 ［清］吳昌碩
《山水圖軸》　　　石濤《山水圖軸》　　　《東籬叢菊圖》

　　題畫詩的起源與發展，與中國古代詩歌、繪畫藝術的發展以及文人的審美追求密切相關。它不僅豐富了繪畫的内涵，使觀者能更好地理解畫家的意圖和情感，也爲詩歌創作提供了新的題材和靈感。

　　詩與畫相結合，相互映襯，相得益彰。畫家通過題詩表達自己的藝術見解、人生感悟，使畫作更具意境和文化底蘊；而詩歌借助畫面的視覺形象，變得更加生動可感。這種獨特的藝術形式體現了中國文人對藝術的綜合追求，展示了中國傳統文化中詩畫融通的魅力。

　　在漫長的歷史進程中，題畫詩不斷演變和發展，成爲中國藝術寶庫中的珍貴遺產。它不僅讓我們欣賞到了文學與繪畫的美妙交融，也爲研究中國古代文化、藝術觀念以及文人的精神世界提供了重要的依據。

二、題畫詩與其他詩歌的區別

題畫詩與一般詩歌在以下幾個方面存在明顯區別。

在創作目的上，其他詩歌往往是詩人獨立地抒發個人情感、反映社會現實、表達哲理思考等，其創作初衷相對較爲廣泛和自由。而題畫詩則主要是爲了配合畫面意境，對畫面意境內容進行補充、闡釋、延伸或者深化，增強畫面意境的藝術感染力和表現力。

在表現內容方面，其他詩歌的題材包羅萬象，可以是自然風光、人生百態、社會萬象、歷史典故，等等。題畫詩的表現內容則通常圍繞着畫面中的形象、場景、元素和意境展開，多與畫中所描繪的主題、景物、人物相關，受畫面意境的限制和啓發。

在藝術手法方面，其他詩歌主要依靠語言文字的組織、修辭的運用、韻律節奏的把握等來營造意境和表達情感。題畫詩除了運用這些手法外，還會巧妙借助畫面的構圖、色彩、綫條、筆觸等視覺元素，與畫面形成呼應和互動，使詩境與畫境相互增色。

在審美感受方面，閱讀其他詩歌時，讀者完全通過文字來構建想象中的情境和畫面，審美體驗相對較爲單一和純粹地依賴文字的力量。而題畫詩與畫作同時呈現，給讀者帶來的是視覺與語言的雙重衝擊，讀者在欣賞畫作的直觀形象的同時，通過題詩進一步深入理解畫的內涵，獲得更加豐富的審美感受。

在創作空間方面，其他詩歌的創作空間廣闊，詩人可以盡情發揮想象，不受具體視覺形象的約束。題畫詩則需要與特定的畫面意境相結合，在一定程度上受到畫面內容和風格的限制，但其也能從畫面中獲得獨特的靈感和切入點。

在表現重點方面，其他詩歌可能更注重情感的抒發和思想的傳達，對意象的選擇和運用更具自主性。題畫詩則更側重對畫面意境的烘托，對畫面未盡之意的補足，以及與畫面共同構建一個完整而富有韻味的藝術世界。

總之，題畫詩與其他詩歌雖都屬於詩歌範疇，但由於其與繪畫的緊密結合，在多個方面呈現出獨特的特點和差異。

以下通過一些具體的例子來說明題畫詩是如何通過畫面元素來增強藝術感染力的。

比如鄭燮（鄭板橋）的《竹石》（圖11）："咬定青山不放鬆，立根原在破岩中。千磨萬擊還堅勁，任爾東西南北風。"畫面中描繪的是竹子扎根在岩石縫中，竹葉在風中搖曳。題畫詩通過對竹子咬定青山、立根破岩的描寫，進一步強調了竹子堅韌不拔的品質，讓觀者更深刻地感受到竹子頑強的生命力和不屈的精神，增強了畫面所傳達的堅韌與堅守的力量。

圖11　[清]鄭燮
《竹石》

又如王冕的《墨梅圖》（圖12）："吾家洗硯池頭樹，朵朵花開淡墨痕。不要人誇好顏色，祇留清氣滿乾坤。"畫面中墨梅枝幹遒勁，花朵淡雅。詩中"不要人誇好顏色，祇留清氣滿乾坤"，借助畫面中墨梅的形象，抒發了詩人不向世俗獻媚、堅守高潔品質的操守，使墨梅的形象更加超凡脫俗，充滿了人格化的魅力，從而增強了畫作的藝術感染力。

圖12　〔元〕王冕《墨梅圖》

再如徐渭的《水墨葡萄圖》（圖13），畫面中葡萄藤葉凌亂，葡萄果實隨意點綴。其題畫詩云："半生落魄已成翁，獨立書齋嘯晚風。筆底明珠無處賣，閑拋閑擲野藤中。"詩人以畫面中無人賞識的墨葡萄自喻，發出了懷才不遇的感嘆。畫面元素與題詩相互照應，讓觀者更能感受到畫家内心的痛苦與無奈，使作品更具感染力，引發觀者的共鳴。

這些題畫詩都緊密結合畫面元素，深化了畫面的主題，豐富了畫面的内涵，從而大大增强了作品的藝術感染力，使觀者不僅能欣賞到畫面的美，還能體會到其中深刻的情感和思想。

圖13　〔明〕徐渭
《水墨葡萄圖》

三、題畫詩的選用

以往文人書畫家一般都是自作題畫詩，爲自己的畫作題，或爲友人的畫作題，也會選用別人的詩來題畫。如今畫家和書畫愛好者，自作題畫詩者較少，大都是搜尋古人或今人的詩來題畫。因所作畫的題材、意境及畫面空間等關係，想搜尋到自己合適和滿意的題畫詩相當困難。我在青年時期也常因爲題畫搜尋不到合適的題詩而感到苦惱，有時只能題上窮款，或爲畫作取一個簡單的名字，但總覺得不盡如人意。好在我讀小學時受鄰居姜大公先生的啓蒙學習格律詩，於是就自作題畫詩，幾十年下來，積纍了上千首題畫詩。當然，其中有些是爲友人畫作的題詩。這些詩題材涉及花卉、山水、人物、動物等各個方面。經與余佐贊總編討論，我樂意擇優選出 300 首奉獻給大家，供書畫家和書畫愛好者選用。

下面談談選用題畫詩要注意的幾個問題。

(一) 要與畫作題材和意境相符

選用題畫詩，首先要與畫作題材相符。如畫的是紅梅，就要選題紅梅詩或贊紅梅詩。還要理解詩意，理解所選畫詩的含義、情感等，確保題畫詩與自己畫作的主題、風格和想要表達的内容相契合。詩的主題應與畫作的題材、情感氛圍等相互呼應，能够爲畫作增添更深層次的意義。在題材相符的基礎上，還要深入理解所選題畫詩的意境。題畫詩要能够進一步詮釋和拓展畫作的意境，使觀者能更好地理解畫家的創作意圖，兩者相互映襯，達到相得益彰的效果。

如任頤畫吳昌碩像（圖14）。右上任氏題"酸寒尉像。光緒戊子八月，昌碩屬任頤畫"。左側有楊峴長題："何人畫此酸寒尉，冠蓋叢中愁不類。蒼茫獨立意何營，似欲吟詩艱一字。尉乎去年飢看天（君去年繪《飢看天》圖），今年又樹酸寒幟。蒼鷹將舉故不舉，跕跕風前側兩翅。高秋九月百草枯，野曠無糧仗誰伺。老失老矣筋力衰，醜態向人苦遭弃。自從江干與尉別，終日昏昏祇思睡。有時典裘酤一斗，濁醪無功不成醉。尉如鹽蓬我如菫，不登嘉薦總一致。尉年四十饒精神，萬一春雷起平地。變換氣味豈能定，願

圖14 ［清］任頤
《酸寒尉像》

尉莫怕狂名祟。英雄暫與常人倫，未際升騰且擁鼻。世間幾個孟東野，會見東方擁千騎。苦鐵道人正，七十叟楊峴題。"

從題跋中我們可以看出楊峴對吳昌碩這位畫中"酸寒尉"的一種同情和感慨，認爲他雖然現在處於困境，但也許未來會有轉機。同時，詩歌中也反映出對像孟郊這樣有才華却命運坎坷的人的一種惋惜和期待，期待吳昌碩將來能出人頭地。吳昌碩曾拜楊峴爲師，楊峴執意與他以兄弟相稱。吳昌碩拜任頤爲師時，任頤讓他畫幾筆看看，吳昌碩僅試畫數筆，便得到了任頤的贊許，并說吳的筆力比自己的强。這可謂是晚清藝壇之佳話。楊峴長題詩可謂與此畫題材和意境完全相符。

(二) 要與畫面空間相符

題畫詩題在畫上，是畫作的一個重要組成部分，要與畫作融會一體。題畫詩題在畫中的位置，需要注意以下幾個方面：

1. 整體構圖平衡

要考慮題詩後不能破壞畫面的整體構圖平衡，避免畫面重心的偏移和視覺上的失調。

2. 空白空間利用

優先選擇畫面中的空白區域，使題詩與畫面的形象相互映襯，既充分利用空白，又不可顯得擁擠，要使之疏密得當。

如張大千、張善孖合作的《虎圖軸》（圖15）。畫中有兩隻老虎在山谷的松樹下嬉戲。畫幅右側題詩："一豹南山隱，歡娛兩虎侯。靜聆風嘯處，猛氣可吞牛。"點出了老虎雖然處於嬉戲狀態，但一旦有風吹草動，便會立即做出反應，恢復我們熟悉的猛虎姿態。落款爲："大千補景，善孖畫虎，合作於吳門。"說明該作爲張大千、張善孖兄弟合作。這一行題款，充分利用了畫作中的空白空間，與整幅畫面融爲一體。

3. 與畫面主體相呼應

題詩的位置應與畫面的主體部分在視覺上有一定的呼應關係，增強畫面的整體感和連貫性。

4. 不遮擋重要元素

題詩應避免覆蓋或遮擋畫面中關鍵的形象、綫條和色彩等重要元素，以免影響對畫面內容的欣賞。

如周昌穀先生的《清平調詩意圖》（圖16），題款爲："清平調詩意。雲想衣裳花想容，春風拂檻露華濃。若非群玉山頭見，會向瑤臺月下逢。周昌穀寫。"因爲這首詩太有名了，大家都知道是李白寫的，因此題款時省略了詩的作者。款中第一行中"詩""意"二字和第四行下面"逢"字，爲了不遮擋畫面元素，三字中的筆畫省略，好像是在畫的後面。

圖15　張大千、張善孖　　圖16　周昌穀《清平調詩意圖》
　　　　《虎圖軸》

5. 風格協調

一是題畫詩要與畫面的風格相協調。如豪放的畫風可配以大氣的題詩位置與書風，婉約的畫風則適合相對精緻的題詩安排。二是所題寫書法的風格和字體大小要與畫面協調，使書法成爲畫面的有機組成部分，而不是突兀的附加。一般來說，題山水畫的字要小一些，字小而顯山高大。題花卉的字可以大一些。工筆畫要用小楷題畫，寫意畫可用行草題畫，總之要與畫面和諧。

　　題畫詩應該題在畫的什麼位置，要根據畫面的情況來確定。如黃賓虹山水（圖17）是題在畫面的右上角，而余任天的山水（圖18）是題在畫面的左下角，諸樂三的《飛燕圖》（圖19）則題在左側，并在右下角又補題糾錯。我們要借鑒前人優秀的題畫詩位置安排經驗，但也要根據具體畫作靈活創新。

圖17　黃賓虹　　　　圖18　余任天　　　　圖19　諸樂三
《山水圖軸》　　　　《一我一株松》　　　　《飛燕圖》

（三）要説明題畫詩的出處

　　無論選用古人還是今人的題畫詩或其中詩句題畫，都必須説明出處。如：齊白石的《櫻桃》（圖20）畫中所題："若教點上佳人口，言事言情總斷魂。張仃先生正舊句。庚寅九十老人白石。"齊白石這幅畫題了自己以前寫的詩句，因而寫上"舊句"。筆者在《櫻桃》（圖21）畫中所題："若教染上佳人口，言事言情總斷魂。白石老人句。辛丑八月，西泠洪九牛寫於北京。"以筆者題畫詩句爲例，是要強調用別人的詩句題畫要說明出處，以免被讀者誤以爲是剽竊他人的詩句，而對畫家的人品畫品產生不必要的猜想。當然，那些家喻戶曉的千古名詩名句題畫，也可以不用說明出處。

圖20　齊白石　　　　圖21　洪亮《櫻桃》
《櫻桃》

　　題畫詩在當代中國畫發展中具有獨特的藝術魅力，在未來仍具有廣闊的發展前景。我們有理由相信，題畫詩將在不斷的創新和發展中煥發出新的生機與活力，爲豐富人們的精神世界和推動文化藝術的繁榮做出更大的貢獻。

2024 年 8 月於北京大樸大雅堂

附錄二　書畫相關常識

一、落款敬詞舉例

（一）上款稱謂

長輩：吾師、道長、學長、先生、女士（小姐）。

平輩（或小一輩）：兄、弟、仁兄、尊兄、大兄、賢兄（弟）、學兄（弟）、道兄、道友、學友、先生、小姐、法家、方家（對書畫或某一方面有專長的人）。

老師對學生：學（仁）弟、學（仁）棣、賢契、賢弟。

同學之間：學長、學兄、同窗、同硯、同席。

（二）上款客套語或敬詞

雅屬、雅賞、雅正、雅評、雅鑒、雅教、雅存、珍存、惠存、清鑒、清覽、清品、清屬、清賞、清正、清及、清教、清玩、鑒可、鑒正、敲正、惠正、賜正、斧正、法正、法鑒、博鑒、尊鑒、賜鑒、法教、博教、大教、大雅、補壁、糊壁、是正、教正、講正、察正、請正、兩正、就正、即正、指正、指疵、鑒之、正之、哂正、笑正、教之、正腕、正舉、存念、屬粲、一粲、粲正、一笑、笑笑、笑存、笑鑒、屬、鑒、玩。

（三）下款客套語或敬詞

書法題款：敬書、拜書、謹書、頓首、囑書、醉書、醉筆、漫筆、戲書、節臨、書、錄、題、筆、寫、臨、篆。

書畫題款：敬贈、敬識、特贈、畫祝、寫祝、寫奉、頓首、題、并題、戲題、題識、題句、記、題記、謹記、跋、題跋、拜觀、錄、并錄、贊、自贊、題贊、自嘲、手筆、隨筆、戲墨、漫塗、率題、畫、寫、謹寫、敬寫。

二、常用農曆月份雅稱舉例

一月：孟春、首春、上春、始春、早春、元春、新春、初春、春王、首歲、開歲、初歲、初陽、孟陽、新陽、春陽、正陽、歲始、王正月、初春月、孟春月、正月、新正、初月。

二月：如月、麗月、卯月、杏月、中和月、春中、夾鐘、仲鐘、仲春、酣春、中春、仲陽、大壯。

三月：暮春、末春、季春、晚春、杪春、褉春、三春、香春、蠶月、花月、桃月、褉月、嘉月、辰月、桃李月、花飛月、小清明。

四月：巳月、餘月、清和月、首夏、夏首、孟夏、初夏、維夏、始夏、槐夏、仲呂、純陽。

五月：炎夏、仲夏、中夏、蒲月、午月、榴月、皋月、端陽月。

六月：荷月、暑月、焦月、伏月、季月、未月、盛夏、三夏、暮夏、杪夏、晚夏、季夏、長夏、精陽。

七月：初秋、孟秋、首秋、上秋、早秋、新秋、申月、巧月、瓜月、凉月、相月、七夕月。

八月：中秋、仲秋、清秋、桂月、酉月、雁來月、秋風月、南呂、秋高、秋半。

九月：菊月、剝月、霜月、戌月、菊開月、紅葉月、三秋、季秋、暮秋、晚秋、菊秋、杪秋、深秋、末秋、凉秋、秋末、無射、霜序。

十月：露月、亥月、良月、陽月、坤月、小陽春、初冬、孟冬、上冬、開冬、玄冬、元冬。

十一月：仲冬、正冬、冬月、雪月、寒月、暢月、復月、子月、辜月、葭月、霜見月、廣寒月、龍潛月、黃鐘。

十二月：臘月、除月、丑月、嚴月、冰月、極月、涂月、暮月、嘉平月、三冬月、梅初月、季冬、暮冬、晚冬、杪冬、臘冬、殘冬、末冬、嚴冬、大呂、暮歲。

三、常用繁簡字對照

書畫創作通常采用繁體字，對於没有文字學基礎的書法愛好者甚至書法家來説，書畫作品中寫錯字的情況屢有發生。下面摘錄部分常用簡體字與繁體字進行對照，供朋友們學習使用。

簡體字"后"，對應兩個繁體字："後"面，皇"后"。

簡體字"历"，對應兩個繁體字："歷"史，日"曆"。

簡體字"钟"，對應兩個繁體字：時"鐘"，"鍾"意。

简体字"板"，对应两个繁体字：老"闆"，木"板"。

简体字"表"，对应两个繁体字：手"錶"，外"表"。

简体字"丑"，对应两个繁体字："醜"怪，子"丑"寅卯。

简体字"范"，对应两个繁体字：模"範"，"范"仲淹［注：姓］。

简体字"丰"，对应两个繁体字："豐"富，"丰"采。

简体字"刮"，对应两个繁体字："颳"風，搜"刮"。

简体字"胡"，对应两个繁体字："鬍"鬚，"胡"亂。

简体字"回"，对应两个繁体字："迴"旋，"回"頭。

简体字"伙"，对应两个繁体字："夥"伴，"伙"食。

简体字"姜"，对应两个繁体字：生"薑"，"姜"子牙［注：姓］。

简体字"借"，对应两个繁体字："借"錢，枕"藉"。

简体字"克"，对应两个繁体字：攻"剋"，"克"勤"克"儉。

简体字"困"，对应两个繁体字："睏"倦，"困"苦。

简体字"漓"，对应两个繁体字："灕"江，淋"漓"。

简体字"里"，对应两个繁体字：表"裏"不一，"里"程。

简体字"帘"，对应两个繁体字：門"簾"，酒"帘"［注：旗子状的标志］。

简体字"面"，对应两个繁体字："麵"粉，表"面"。

简体字"蔑"，对应两个繁体字：污"衊"，"蔑"視。

简体字"千"，对应两个繁体字：鞦"韆"，一"千"。

简体字"秋"，对应两个繁体字："鞦"韆，"秋"季。

简体字"松"，对应两个繁体字："鬆"散，"松"樹。

簡體字"咸"，對應兩個繁體字："鹹"菜，老少"咸"宜。

簡體字"向"，對應兩個繁體字："向"前走，方"嚮"。

簡體字"余"，對應兩個繁體字：業"餘"，"余"〔注：第一人稱代詞，我；姓〕。

簡體字"郁"，對應兩個繁體字："鬱鬱"葱葱，（香氣）濃"郁"。

簡體字"御"，對應兩個繁體字：抵"禦"，"御"駕親征。

簡體字"愿"，對應兩個繁體字："願"望，謹"愿"〔注：老實謹慎之意〕。

簡體字"云"，對應兩個繁體字："雲"彩，不知所"云"。

簡體字"芸"，對應兩個繁體字："蕓"薹，"芸"香。

簡體字"沄"，對應兩個繁體字："澐"〔注：大波浪〕，大江"沄沄"。

簡體字"致"，對應兩個繁體字：細"緻"，"致"敬。

簡體字"制"，對應兩個繁體字："制"度，"製"造。

簡體字"朱"，對應兩個繁體字："硃"砂，"朱"紅。

簡體字"筑"，對應兩個繁體字：建"築"，擊"筑"〔注：古代樂器〕。

簡體字"准"，對應兩個繁體字："準"則，"准"許。

簡體字"辟"，對應兩個繁體字：復"辟"，開"闢"。

簡體字"别"，對應兩個繁體字：告"别"，"彆"扭。

簡體字"卜"，對應兩個繁體字：占"卜"，羅"蔔"。

簡體字"种"，對應兩個繁體字："种"〔注：姓〕，物"種"，"種"田。

簡體字"党"，對應兩個繁體字："党"項〔注：姓〕，

"黨"員。

簡體字"斗"，對應兩個繁體字：車載"斗"量，"鬥"智"鬥"勇。

簡體字"谷"，對應兩個繁體字：五"穀"雜糧，山"谷"

簡體字"划"，對應兩個繁體字："划"船，刻"劃"。

簡體字"几"，對應兩個繁體字：茶"几"，"幾"乎，"幾"個。

簡體字"家"，對應兩個繁體字："傢"具，"家"鄉。

簡體字"据"，對應兩個繁體字：占"據"，拮"据"。

簡體字"卷"，對應兩個繁體字：風"捲"殘雲，讀書破萬"卷"。

簡體字"蜡"，對應兩個繁體字："蠟"燭，"蜡（zhà）"祭〔注：古代一種年終祭祀〕。

簡體字"了"，對應兩個繁體字："了"却，不甚"瞭瞭"。

簡體字"累"，對應兩個繁體字："纍"贅，"纍"計，連"累"。

簡體字"朴"，對應兩個繁體字："朴（pō）"刀，"朴（pò）"〔注：一種樹木名〕，"朴（piáo）"〔注：姓〕，"樸"素。

簡體字"仆"，對應兩個繁體字：前"仆"後繼，"僕"人。

簡體字"曲"，對應兩個繁體字：彎"曲"，戲"曲"，酒"麯"。

簡體字"舍"，對應兩個繁體字："捨"弃，宿"舍"。

簡體字"术"，對應兩個繁體字：技"術"，白"术"〔注：中草藥〕。

簡體字"涂"，對應兩個繁體字："涂"[注：姓]，"涂"月[注：農曆十二月]，"涂"吾[注：水名，見《山海經·北山經》]，生靈"塗"炭。

簡體字"吁"，對應兩個繁體字：長"吁"短嘆，呼"籲"。

簡體字"佣"，對應兩個繁體字：雇"傭"，"佣"金。

簡體字"折"，對應兩個繁體字："摺"叠，曲"折"，"折（shé）"本。

簡體字"征"，對應兩個繁體字：遠"征"，象"徵"。

簡體字"症"，對應兩個繁體字："症"候，"癥"結[注：中醫指腹中結塊之病]。

簡體字"厂"，對應兩個繁體字："厂（ān）"[注：多用於人名]，工"廠"。

簡體字"广"，對應兩個繁體字："广（ān）"[注：多用於人名]，"廣"闊。

簡體字"发"，對應兩個繁體字："發"達，頭"髮"。

簡體字"复"，對應兩個繁體字：重"複"，"復"查。

簡體字"汇"，對應兩個繁體字："匯"合，"彙"聚。

簡體字"获"，對應兩個繁體字："獲"得，收"穫"。

簡體字"尽"，對應兩個繁體字："儘"管，"盡"力。

簡體字"苏"，對應兩個繁體字：紫"蘇"，嚕"囌"。

簡體字"坛"，對應兩個繁體字：天"壇"，"罈"子。

簡體字"团"，對應兩個繁體字："團"結，飯"糰"。

簡體字"须"，對應兩個繁體字：必"須"，髯"鬚"。

簡體字"脏"，對應兩個繁體字：骯"髒"，內"臟"。

簡體字"只"，對應兩個繁體字："隻"言片語，"衹"有。

簡體字"干"，對應三個繁體字："干"涉，"乾"燥，"幹"部。

簡體字"系"，對應三個繁體字：世"系"，確"係"實情，聯"繫"。

簡體字"台"，對應四個繁體字：天"台"［注：山名，又地名］，兄"台"［注：稱呼］，亭"臺"樓閣，寫字"檯"，"颱"風。

四、中國書畫尺幅與潤格計算方法

一、常用書畫尺幅

（1）三尺宣紙，規格爲100cm×55cm（長×寬），具體規格尺寸如下。

三尺全開：100cm×55cm（標準三尺）（五平方尺）。

大三尺：100cm×70cm（標準三尺長度不變，寬度爲二尺）。

三尺加長：136cm×50cm。

三尺橫批：100cm×55cm（標準三尺）。

三尺單條（立軸）：100cm×27cm（標準三尺長度不變，寬度1/2）。

三尺對聯：100cm×27cm（標準三尺長度不變，寬度1/2）。

三尺斗方：50cm×55cm（標準三尺宣紙長度1/2，寬度不變）。

（2）四尺宣紙，規格爲138cm×69cm（長×寬），具體規格尺寸如下。

四尺全開：138cm×69cm（標準四尺）（八平方尺）。

四尺橫批：138cm×69cm（標準四尺）。

四尺單條（立軸）：138cm×34cm（標準四尺宣紙長度不變，寬度 1/2）。

四尺對聯：138cm×34cm（標準四尺宣紙長度不變，寬度 1/2）。

四尺斗方：69cm×69cm（標準四尺宣紙長度 1/2，寬度不變）。

四尺三開：69cm×46cm（標準四尺宣紙長度 1/3，寬度不變）。

四尺六開：46cm×34cm（標準四尺宣紙長度 1/3，寬度 1/2）。

四尺四開：69cm×34cm（標準四尺宣紙長度 1/2，寬度 1/2）。

四尺八開：35cm×34cm（標準四尺宣紙長度 1/4，寬度 1/2）。

（3）五尺宣紙，規格爲 153cm×84cm（長×寬），具體規格尺寸如下。

五尺全開：153cm×84cm（標準五尺）。

五尺橫批：153cm×84cm（標準五尺）。

五尺單條：153cm×42cm（標準五尺宣紙長度不變，寬度 1/2）。

五尺對聯：153cm×42cm（標準五尺宣紙長度不變，寬度 1/2）。

五尺斗方：77cm×84cm（標準五尺宣紙長度 1/2，寬度不變）。

（4）六尺宣紙，規格爲 180cm×97cm（長×寬），常用規格尺寸如下。

六尺全開：180cm×97cm（標準六尺）。

六尺三開：60cm×97cm（標準六尺宣紙長度 1/3，寬度不變）。

六尺對聯：180cm×49cm（標準六尺宣紙長度不變，寬度 1/2）。

六尺斗方：90cm×97cm（標準六尺宣紙長度 1/2，寬度不變）。

（5）七尺宣紙，規格爲 238cm×129cm（長×寬），常用規格尺寸如下。

七尺全開：238cm×129cm（標準七尺）。

（6）八尺宣紙，規格爲 248cm×129cm（長×寬），常用規格尺寸如下。

八尺全開：248cm×129cm（標準八尺）。

八尺屏：234cm×53cm。

八尺斗方：124cm×124cm。

（7）一丈二尺宣紙，規格爲 367cm×144cm（長×寬），常用規格尺寸如下。

一丈二尺：367cm×144cm。

大一丈二斗方：180cm×142cm。

小一丈二：360cm×96cm。

（8）一丈六尺宣紙，規格爲 503cm×193cm（長×寬），常用規格尺寸如下。

一丈六尺：503cm×193cm。

（9）一丈八尺宣紙，規格爲 600cm×248cm（長×寬），常用規格尺寸如下。

一丈八尺：600cm×248cm。

二、潤格計算方法

中國字畫以尺計價。這裏説的"尺"是指平方尺，一尺約合33.3厘米。爲什麽不稱平方尺而稱"尺"？這和宣紙的規格有關。宣紙的規格有三尺、四尺、五尺、六尺、八尺、丈二等。比如：四尺紙的規格是長四尺寬二尺，面積爲八平方尺。把四尺紙對裁，就叫斗方，是四平方尺。

具體公式參考如下：

（1）每平方尺的概念是：0.33米×0.33米＝0.1089平方米。

（2）以作品的長度乘以寬度等於平方米。

（3）以作品的平方米面積數值除以0.1089得出作品平方尺。

（4）以作品平方尺尺寸數值乘以每平方尺作品單價，等於作品總價。

其數字公式如下：

（1）0.33米×0.33米＝0.1089平方米。

（2）作品長（米）×寬（米）＝作品面積（平方米）。

（3）作品面積（平方米）÷0.1089平方米＝作品實際平方尺數。

（4）實際作品平方尺量數×每平方尺單價＝作品總價。

例如：某畫家作品的尺寸長0.6米，寬0.8米，每平方尺單價2000元。計算方式如下：

0.6米×0.8米÷0.1089平方米×2000元＝8815元。則該畫家作品的最後售價爲8815元。

目前還有以作品的長度乘以寬度，再乘以 9.2 的計算方法，乘以 9.2 與除以 0.1089 的作用是一樣的，都是用來作爲計算基準數的。

另外，行裏又有相讓的做法，如傳統意義上的四尺，宣紙三裁，其實不滿三平方尺，但都以三平方尺計價，而四尺整張宣紙超過八平方尺，却又都以八平方尺計價。所以，中國畫的市場計價還是比較寬鬆的。

五、書畫裝裱樣式及各部位名稱

我們經常看到有些同學在書法創作時，作品的一邊或周邊留空太多，這主要是不了解書法裝裱的樣式及其常識所出的問題。因此，我們覺得有必要介紹一些有關書畫裝裱方面的常識，以便在創作時就考慮到裝裱等因素，有利於更好地創作書畫作品。

裝裱俗稱 "裱畫" 或 "裱字"，是我國特有的傳統工藝。俗話說 "三分字畫七分裱"，可見裝裱字畫之重要。字畫經過精美的裝裱，纔能使藝術品更加完美，特別是在保存歷代書畫作品和重要文獻方面，裝裱更是起着重要的作用。

下面介紹裝裱有關流派和樣式方面的常識。

（一）裝裱工藝四大流派

裝裱工藝以蘇、揚、滬、京四大流派影響較大。

蘇州派裝裱的特點是平、軟、舒展，配料用色典雅、穩重、清新。

清乾隆年間，宮廷內府需裝裱歷代帝后像，江蘇巡撫保送秦長年、徐名揚、張子元、戴匯昌進京，他們製作的裱件瑰麗大方，名噪一時，被世人稱道。

揚州派的出現稍後於蘇派。揚州派善做古，治舊畫，無論裱件如何破舊，即使支離破碎、不堪收拾，一經揚州派裝裱名手整泐，即可煥然一新。

滬派的裝裱師傅多來自蘇、揚兩地，故其裝裱風格也介於蘇、揚之間，裱件用料多有新意。

京派是北方裝裱工藝的主要代表流派，主要流行於京城。舊時當多為達官貴人服務，裱件多為大尺幅作品，材料多用錦、緞、綾、綃等絲織物，富麗堂皇，形制較多繼承"宣和遺制"，後來不斷革新，形成了自己的風格。

除這四派外，尚有湖南裝、廣州裝、徽裝、河南裝等地域流派。

裱畫相當複雜，有幾十道工序，但最基本的是托畫心，不少畫家都能自己托裱小尺幅作品。學習托畫技法，對繪製大幅畫作時進行局部挖補修改極有好處。另外，托畫心後要裁畫心，將畫邊多餘的部分裁去。懂得了托畫心和裁畫心後，對書畫創作中留邊就能有的放矢了。

(二) 品式與部位名稱

根據書畫作品內容、尺寸、色調、形狀之不同，裝裱形式也花樣繁多。但從品式上大致可分為三類：卷軸類、手卷類、冊頁類。

1. 卷軸類

卷軸類即直幅，也稱立軸，中堂、條幅、對聯、橫披等，軸幅這種形式最爲常見。挂軸，有一色式、二色式、三色式、宣和裝等，黄賓虹講他在友人處見過僅宣和裝圖樣近三十種，包括加詩堂、加錦牙等多種品式，而且還分挖鑲、正鑲兩大類。

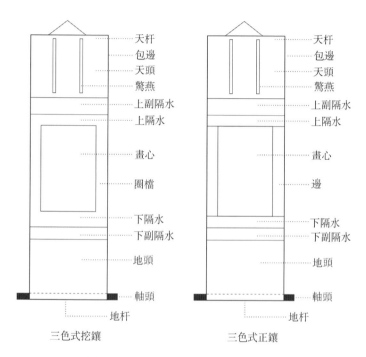

圖1　挂軸三色式挖鑲、正鑲裝裱示意圖

　　各部分名稱：除畫心外，由圈檔、隔水、天頭、地頭、天杆、地杆、軸頭、包首、簽條組成。宣和裱有兩條驚燕（北方也稱壽帶）。高品位的書畫作品，畫心與鑲邊之間，有的加一小條叫局條，也叫印助，分硬助與軟助兩種。

　　對聯條屏和通景屏也應屬卷軸類。對聯挂在中堂兩側，一般不加軸頭。條屏每幅獨立，如果并挂則稱爲條屏、通景屏，又有四條屏、六條屏、八條屏、十二條屏等形式，拼連成一幅。南方稱通景屏爲"海幔"，通景屏一般不加軸頭，或祇在第一條和最後一條外側加軸頭。

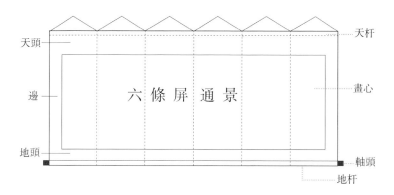

天頭

邊

地頭

天杆

畫心

軸頭
地杆

六 條 屏 通 景

圖 2　通景屏裝裱示意圖

2. 手卷類

手卷，是一種由諸多部分連成的作品，長度一般較長，短的幾米，長的可達幾十米。古代手卷高度一般爲 25 至 50 厘米左右。

手卷品式，主要由邊的處理方法不同來劃分，有撞邊（碰邊）、卷邊（轉邊）及沿邊（套邊）三種。品式中以撞邊爲上，卷邊次之，沿邊更次。采用何種品式，應根據書畫作品的品位而定。一般都應采用撞邊和卷邊。

手卷（或長卷），除包首是裝在天頭的背面外，其他各部位均與畫心連成一體，順序是：天頭、副隔水、隔水、引首、隔水、畫心、隔水題跋、隔水、拖尾。

明代以前，手卷均不加引首，明代開始加引首部位。現在采用的一般是明代以後的式樣。

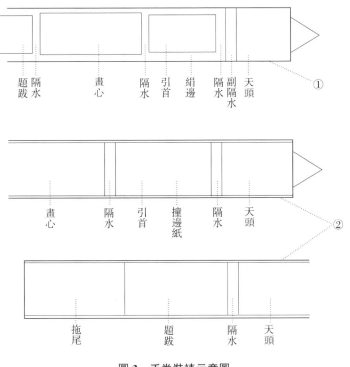

圖 3　手卷裝裱示意圖

3. 册頁類

此類一般都是將斗方、扇面、團扇、圓光等小幅作品裝裱成册頁品式。

斗方是指四尺整紙八開或十二開的小幅畫，約一尺見方。顧名思義，它是舊時一般用於量米等糧食的容器斗一樣大小。現在有人將四尺封開的"四尺方"也叫斗方，是錯誤的，易造成混淆。

册頁品式大略有三種：蝴蝶式、推篷式、經折式。蝴蝶式，左右可翻，向右開版；推篷式，上下可翻，向上開版；經折式，左右能翻，正反面都可用。

　　近年來流行一種"素白册頁"，便於藝術家隨時書畫，這種册頁用白宣紙製成，屬經折式一類。

　　鏡片，即將畫心托好後，只鑲邊，不加軸杆，用於裝鏡框者，爲鏡片。

　　横披即横幅作品，裝裱時右側背後加裝兩個半圓形月牙杆，卷起後可對成圓杆，便於束緊，這種裝裱爲横披。

附錄三 寫生視角隨想

前段時間寫生，我一直在思考一些問題，比如視角的選擇、寫生與寫真、提煉與想象、運動與空間、視覺真實與心靈真實，等等。下面就寫生視角的選擇談一些粗淺的認識。

在紛繁的自然環境中寫生，首先要尋找一個自己比較滿意的角度。這個角度要符合自己內心的審美追求，也就是說，要營造出理想中的意境。

比如說，我去荷塘寫生荷花。我想找到一個既有亭亭玉立之姿，又有高曠之氣意境的畫面感，然後將其寫生下來。尋找這樣的角度確實有難度。雖時至深秋，荷塘裏滿滿的花葉，青色、黃色夾雜在一起，還有高高低低的蓮蓬和荷花，很是雜亂，很難尋到我理想中的畫面感。我圍繞着荷塘尋找了兩圈，總算找到相對滿意的角度。但是，細細凝視，這個角度也在時刻發生着變化，無論是脚步移動、身體移動，還是眼睛移動，所見的物象都會發生變化，這種變化是隨時隨地的。微風吹過時，所見物象的變化就更大了。

我深深感到，自然界是鮮活的，在自然環境中寫生，雖然難度大，但可以感受到萬物生意盎然的生命力，與臨摹歷代經典畫作完全是兩種感覺。一種是前人已經找好的角度，體現出前人審美追求下對角度的選擇，一種是基於自我審美追求的自主選擇。在臨摹先賢經典畫作時，我很想知道他們的畫作所針對的自然景觀，以便對比研究、深入學習，可是很難尋找到此類資料。於是，我想起 20 多年前，美國加州大學藝術學院的高木森教授在中國美院（當時是浙江美院）范景中教授的陪同下來與我交流。他曾談到希望拍攝一些富春江兩岸山水的紀錄片，用於對元代黃公望《富春山居圖》的對比研究。想到這些，我於是將自己的寫生對象拍攝了下來，以便用於教學和研究工作中。

在不斷寫生中，我會經常遇到因視角的原因對所寫生的物象無法看到全貌，甚至所見物象的形狀與以往經驗中出現較大程度的不一致，或者無法辨別的情況。這時，我會換個位置，把它看清楚再繼續寫生。因此有時的寫生并沒有完全按照視角去畫，而是畫我們看清楚的那一部分。這是一個很奇怪的現象，在視角之外的形象，同樣在補充着這個視角，這就是我們的視覺藝術，以及視覺藝術對客觀藝術的主觀表達。

我對寫生視角思考的另一個問題是既往經驗與寫生視角的衝突。我們平時對一些事物的認識，往往是概念性的、觀念性的或經驗性的標準形態。對一些我們習慣了的常識性的問題，在寫生的時候，經過深入辨析選擇角度後，會發生非常大的變化。

比如說一片荷葉。荷葉在我們常識性的認識中，是圓圓的，有正面的或側面的幾個標準形。但是在寫生過程中，面對荷塘裏真實的荷葉，它們呈現的形態并不是我們常識中的那幾種標準形，而是千姿百態，其變化實在是太豐富了。所以當我們寫生時，好像在不斷地發現新大陸，發現新世界。那麼，寫生畫的是我們所見物象的豐富性，還是我們既往的經驗性？當然是畫物象的豐富性。這就是寫生的一種收穫，也就是視覺探真的收穫。但是這種收穫，還衹能作爲藝術創作的素材，它衹是一種比較真實的反映客觀世界而已。因爲有視角的主觀選擇，也可稱爲客觀世界的主觀反映。

那次寫生，我有感而發，寫了一首《秋荷寫生》七律：

漫步荷塘已兩圈，蓮蓬聳立葉田田。
難尋視角層層寫，細覓精神處處禪。
落筆求真驚萬態，凝眸探狀异常年。
方知事物心中象，一辨其間別洞天。

寫生是藝術創作的基礎。藝術創作還需要有更多主觀世界的參與，那就是另外一種狀態了，有了寫生的基礎，這種狀態就顯得胸有成竹且變化豐富。創作要靠想象，那麼寫生時找大感覺就行，這種寫生是用來驗證我們一般的印象。比如，一眼望去的荷塘，它呈現出的那種生機，在風中呈現出豐富而相對一致的狀態，畫面是要麼全是側面的荷葉，要麼全是正面的荷葉。這樣的畫面，它既是對荷塘大概的印象，也是我們的一種常識性共識。這種印象與共識，就是世界的表象，也是我們既往觀察自然的經驗。當我們去畫表象和經驗時，可能更容易與讀者產生廣度上的共振共鳴。因爲人對表象的認識和經驗都是相通的。當然，藝術家主觀審美意識、性情、學養在藝術創作中發生主要作用時，與讀者的共振共鳴廣度上會縮小，而在強度上會增加。由此可知，藝術并不是祇從一個角度來反映這個世界，而是可以從多種角度反映。多方面的藝術探索，對人類來說，對個人來說，都有新的收穫。

通過寫生去瞭解自然，通過瞭解自然來進一步瞭解自我，這也是藝術的一種重要功能。寫生的過程實際上就是一個思想的過程，這種思想是人與自然之間的交流，并且我們在寫自然的時候，其實也在寫自己，寫的是内在的一種精神。寫生看似是在描繪表象，實則是一種精神的表達，這種精神首先是人的内在精神，當這種精神和自然的精神融會在一起時，會產生許多新想法，這些新想法是通過寫生產生的，這也就是寫生的意義。從這個意義上講，寫生并不是爲了寫生本身，而是爲了人與自然的交流，在這種交流中產生的新思想，是推動我們前進的堅實足迹。

2021 年 11 月 27 日於北京

附錄四　寫生中的提煉

　　每年七、八、九月，道路的兩旁、公園裏隨處可見玉簪花盛開着。大大的、綠綠的橢圓形的玉簪花葉子，一葉叠着一葉，在微風中起伏着，使人舒心而愜意。在綠葉叢中，抽出一根根長長的綠色的莖。近看圍繞着莖的上端，長着長長短短的玉簪花苞，向四周呈散發狀，有些較長的玉簪花，像是盛開後又羞澀地閉合着花瓣。有一天晚上，我去公園散步，在月光下發現玉簪花盛開着。我恍然明白，玉簪花喜陰，晚上開花是它的生態習性。白天玉簪花閉合花瓣是爲了不讓花中的水分較快地蒸發掉。閉合的玉簪花，在陽光的照射下，像一朵朵白雲連成一片，飄浮在綠波上，聖潔而高雅，使人心曠神怡，流連忘返。

　　我早就想爲玉簪花寫生了，今年八九月間終於得以實現。提筆寫生，首先是選擇角度，然後就是依據自己的審美追求對所要寫生的物象進行裁剪，也就是面對自然生長茂密的玉簪花與葉根據自己的審美需要進行畫面性提煉。寫生不是將所見物象都要畫下來，而是要把所見所需物象的精華根據自己的畫面需要化爲自己繪畫的語言元素，并將其組合成具有審美價值的畫面。說得再直白一點，寫生不是要對所見的物象將其外形畫得像，而是要通過對物象外形寫生，將其內在精神提煉出來。這種精神，既是自然的精神，也是作者的精神，也可稱爲物我同化的精神。所謂藝術，也就是物的人化和人的物化的過程。這種精神在傳統中國畫的"六法"中，被稱爲第一法"氣韵生動"，也就是今天我們所説藝術作品的意境、境界和格調。

　　我寫生玉簪花是怎樣提煉的呢？當然，提煉之前有準備工作。一是觀察，二是選擇，三是裁剪。正如揚州八怪之一的李方膺在《梅花》詩中寫道：

> 寫梅未必合時宜，莫怪花前落墨遲。
> 觸目橫斜千萬朵，賞心祇有兩三枝。

　　完成了準備工作之後，便可以開始提煉了。也就是把賞心悅目的兩三莖玉簪花的花和葉描繪下來。在描繪這兩三莖玉簪花和葉的過程中，還要將其組合成理想中的畫面，通過這樣的組合產生心中想要達到的意境，此過程便完成了有效的提煉。

　　在這次玉簪花的寫生過程中，我先後即興寫了四首《玉簪花寫生》：

> 今爲簪花一寫真，尋來視角最宜新。
> 繁枝縟葉需裁剪，簡約從然更顯神。

> 簪花潔白又虔誠，神態全然向我迎。
> 傾寫姿容佳構出，一枝一葉見真情。

> 綠波蕩漾白雲飄，淡淡幽香繞我聊。
> 天地不言呈大美，清涼世界是誰邀。

> 滿目青蔥托白雲，重重叠叠復殷殷。
> 東西采得幾花葉，寫入圖中似雅君。

對於中國畫創作來說，用鉛筆、簽字筆或毛筆所作的寫生畢竟是草稿，正如清人石濤所説"搜盡奇峰打草稿"。雖然説寫生稿也是作品，但它總還是一個搜集素材的構圖稿。將寫生稿轉化爲中國畫作品，首要的是筆墨的參與，當然，還有一個進一步提煉的過程。通過寫生創作出來的中國畫，自然多了生活氣息和時代氣息。面對鮮活而生動的物象，用筆墨的藝術語言進行概括和提煉，確實是一件令人興奮的事情。傳統中國畫的現代轉型，首先是思想觀念的轉型，這個現代思想觀念主要還是指現代審美觀念。而寫生正是到自然中去，到社會中去，到生活中去，到工作中去，是實現思想觀念現代轉型有可操作性的有效途徑。

2021 年 11 月 28 日於北京

後　　記

後　　記

　　《九牛題畫詩三百首》終於付梓，此刻提筆作後記，心中感慨萬千。這本詩集的出版，既是對我五十載詩書畫印生涯的一次回望，亦是對中華傳統藝術精神的致敬。在此，我首先要向中國書店出版社的辛迪總編、袁瀛主任、于路編輯致以誠摯的謝意。若非他們以專業眼光悉心指導、以嚴謹態度反復推敲，這部詩集恐難臻此境。

　　整理詩稿的過程，恰似一場與時光的對話。當我翻閱已微微泛黃的手稿時，那些在案頭揮毫、山野寫生時即興吟咏的詩句，又將我帶回創作時的情境——或於雪夜觀梅得句，或對秋江孤舟成章，畫未竟而詩先成，詩既就而畫益彰。這種"詩畫共生"的體驗，給我的學習和生活帶來了無窮的樂趣。本書的編輯亦是一次再創作。感謝李志強、張立君、劉威、張新、吳永斌、李慶博、馮劍星、閔文新、余京洋、陳永明、劉品成、溫菊梅、江紅喜等詩友和專家的審讀和修改建言，助我按題材分類編排。這種編排方式，承續了古人"詩畫一律"的傳統，也爲當代書畫家選用提供了便利。

　　詩畫之道，終究是心性的修煉。魏晉風骨、宋元氣韵，皆強調"畫如其人"。我深愧未能得前賢境界，但始終以"與古爲徒，與天地精神相往還，自心光明"自勉。這些詩作中或有稚拙之處，却無一不是真誠的流露。倘若讀者能從中獲得一些與物爲友的樂趣，或觸發幾分對傳統的溫情與敬意，便是對我最大的褒獎。

最後，懇請方家讀者不吝指正。無論是詩律的疏漏，還是畫理的偏頗，皆望賜教。藝術之路漫漫，唯願以這本小書爲筏，與同道者共溯中國文心的源頭活水。

　　　　　　　　洪　亮
　　　　2025 年春於北京大樸大雅堂